あずかりやさん

桐島くんの青春

大山淳子

ポプラ文庫

目次

プロローグ

先生、お元気ですか？

初めてお便りします。ぼくは中学時代、先生に国語を教えてもらいました。担任のクラスにはなったことはないし、ぼくはあまり優秀な生徒ではなかったので、先生はぼくのことを覚えてらっしゃらないと思います。

正直言うと、国語は苦手な教科でした。でも先生の授業は覚えています。特に印象的だったのは、中一の最初の授業です。先生は、ちょっと変わったお店の話をしてくれました。その店は一日百円で何でもあずかってくれるというのです。

さて君たちは何をあずけたい？

先生はぼくたちに問いかけました。そしてそれは宿題となりました。次の授業でひとりひとりが発表するのです。あずけたいものと、その理由。ひとりの持ち時間は一分です。原稿用紙一枚も要らないくらいです。文章を書くのが苦手なぼくにとっては、ありがたい分量でした。

みんなその宿題にとまどいながらも、考えるのが楽しかったみたいで、昼休みに話題になりました。新学期だし、それがクラスのみんなへの自己紹介になります。だから、みんなをあっと言わせるような答えを考えて、笑いをとろうとするものもいました。実際、とても面白いことを言った奴がいて、ぼくもみんなも大笑いしたのですが、今はそれが何だったのか、思い出せません。ちなみにそいつはそのあと学級委員になりました。

みんなあずけたいものはいろいろで、大好きなゲームを試験中だけあずけるとか、そういうのもありました。

ぼくは「ランドセル」と言いました。理由は「もう使わないから。親は処分すると言うけど、大切な思い出だから捨てられない」と言いました。あたりさわりのないことを言ったので、誰の記憶にも残ってないだろうけど、ぼくの記憶には残りました。罪悪感があったからです。

あれは嘘です。ぼくはランドセルを持っていません。背負ったこともありません。先生は先生だから知っていたかもしれないけれど、ぼくはよその国で生まれ育ちました。

十歳の時に養子縁組をして日本にやってきました。二年間は両親のもとで日本語を学びました。ぼくはのみ込みが早くて、書くのは苦手だけどしゃべるのは大丈夫になったので、中学から公立の学校へ入学しました。ぼくはそれをクラスのみんなに知られたくなくて、普通をよそおいたくて、嘘をつきました。

それに、あずけたいものがなかったんです。ぼくが持っているものは、すべて両親から与えられたもので、制服も靴も鞄も文房具も新品だし、とても大切に思えて、そばに置いておきたかったんです。

あずけたいものがないことをぼくは恥じていました。嘘をついたこともぼくは恥じていました。恥じているから、ずっと記憶に残ります。それから毎年春になると、あずかりやのことを考えるようになりました。

なぜ今頃になって、あれは嘘でしたとわざわざこうして手紙に書いているかというと、ぼくは来週、月に行くのです。これは嘘ではありません。いくつもの試験を通過して、二年前に宇宙飛行士に選ばれたのです。訓練を続けながら出番を待つばかりだったのですが、運よく早い段階で行けることになりました。宇宙から地球を眺めるのが楽しみです。青いって本当でしょうか？　きっと地球はひとつの球体でしかなく、国境なんか見えないし、生まれたところの違いなんてたいしたことじゃないと証明されるでしょう。

月に行く日が決まってから、「今こそあずかりやにあずけたいものはないか」と考えました。当時より、ものはいっぱい持っています。思い出もそれなりにできました。その中からこれはあれはと考えました。それでもやはり、あずけたいものはありませんでした。

ふと思ったんです。あずけたいものがないことは、恥ずべきことではないんじゃないかと。ひょっとしたらぼくはものすごく幸せで、恵まれているのではないかと。

そんな考え方もできるって気づけたことがうれしくて、先生に伝えたいと思い、筆をとりました。

中一の時からぼくの中には常にあずかりやの存在がありました。「困った時はそこへ行こう」となぜだか思っていました。ふるさとのないぼくにとって、それにかわるような存在だったのかもしれません。他人のものを受け入れ、あずかってくれる場所がある。そのことが心に余裕のようなものをくれていたような気がします。思えばぼくを育ててくれた両親も、あずかりやなのですからね。

いつかあずかりやの店主と話をしてみたい。今はそんなふうに思っています。

先生に本当のことを伝えられて、すっきりしました。

では、行ってきます。

あくりゅうのブン

小生《しょうせい》は机である。名前は今はない。

生まれはよくわからない。なんでも木曽というところで、腕の確かな職人によって作られたと聞いた。

「この文机《ふづくえ》は無垢《むく》材です。しかも檜で、年を重ねるほどに味わいが出ますよ」

家具屋は小生を絶賛した。

しかしこれはあくまでも客に向かって力説した外向きの話であるから、真実かどうかはわからない。結構な値段で、かなり目立つ場所に置かれたので、おおかた正直なところではないかと思う。

出自が立派な割に小生は売れなかった。客は触れもせずに通り過ぎるのが常だった。よって小生の展示場所はしだいに店の奥へ奥へと移動してゆき、とうとう展示とは名ばかりのあわれな境遇へ追いやられた。

店のどんづまりで、小生の上に別の文机が置かれ、その上にまた文机が置かれるという有り様で、客からは見えようもない。小生の強靭《きょうじん》さの証明にはなったものの、これではただの台である。謂《い》わば文机ピラミッドの底辺に置かれたわけで、ピラミッドの頂点が天井まで届いたら、おそらく小生は倉庫行きであろうと覚悟した。

小生のような一点物が倉庫に置かれたら、アウト。墓場にいるも同然である。愛らしい電気スタンドとの出会いがあるかもしれないって？　会話を楽しんで過ごす余生？　無理無理。彼女らは光ってない時は俄然《がぜん》ネガティヴになるから、愚痴を聞かされるのが関《せき》の山だ。

それにしても文机はなぜこうも人気がないのだろう。

どうやら人は脚が長い机を好むようである。小生に言わせれば、あれは家具としては完結していない。椅子がなければ成り立たないではないか。自立の観念がない脚長机のどこがよいのか、小生にはさっぱりわからない。

しかし事実として文机は売れないのだ。たまに売れたとしても、引き出しがついているものが好まれた。右に三段ついているのが一番人気で（小生の上にある）、左右に三段ずつ、真ん中に一段という豪華なもの（小生の前にある）もごくたまに売れた。

小生はカタカナのコの字を伏せて横に伸ばしたような形《なり》であり、風がすうすう通って心もとなく、格好がよろしくない。なにしろ引き出しがない。それが致命的であるようだ。人はがめつい生き物で、ものをなるたけ所有したいのだが、それを目の当たりに置くのを嫌うという習性があるらしい。

所有したいが目にしたくないって、どういう了見だ？　あの、金《かね》というやつ。好きすぎて争いのもととなる大事大事な金というものでさえ、人は銀行とやらにあずけて側《そば》に置きたくないらしい。好きなら抱いて寝ればよかろうに。

小生は人ではないので、そのようなややこしい習性はよくわからないのだが、引き出しがないというのは先にも申したように格好がよろしくない。自分に自信がないものを他人が好むわけもなく、そのようなわけで小生はとんと売れなかった。家具屋は小生の値段を何度となく下げた。それでも見向きもされないのである。

そんなある日のこと、店にふらりと痩せた男が現れた。たたずまいは箒《ほうき》に似ている。平成の時代に明治のような着物を着ており、髪はぼさぼさで、店に入るなりこう言った。

「ブンヅクエはあるか」

若い女性店員がぷっと噴いた。家具屋の店主はさっと前に出て、笑いの止まらぬ彼女を隠し、「ちょうどお手頃のがございます」と言った。

「うん、それにする」

やけにあっさりと決まった。何事も決まる時とはこういう具合なのかもしれない。

小生を引っ張り出すのに店員がふたりがかりで文机を二、三動かさなくてはならなかった。ピラミッドの崩壊である。底辺にあまんじていた小生には、どんなもんだいという気持ちがあった。

あとはするするとことが運んだ。明治の男は「配送無用。こうして持ち帰る」と細い腕で脇に抱えた。引き出しがないのが功を奏した。家具屋はよほどうれしかったのだろう、明治の男に「つまらないものですが」と手拭いまでくれてやった。家具屋の店名入りでしょぼくれた品なのに、明治の男は「え？　ほんとか！　かたじけない」と、情けないほど喜んだ。

売れない小生と珍奇な客。ダブルで厄介払いができたわけで、家具屋のしてやったりな笑顔は今も忘れられない。どういう理由にしろ人が喜ぶ様を見るのは気分が良いもので、小生は胸のつかえがおりた。

明治の男は線路脇の古いアパートにひとりで住んでいた。

きれいさっぱりと何も持たぬ男であった。ひとりぶんの布団とひとりぶんの枕はあった。とわざわざ書かねばならぬくらい、ものがない。四畳半の部屋にぽつんと小生を置き、小生の上に原稿用紙を置き、万年筆で文字を書いた。

一枚めの冒頭は「小生は」で始まり、二枚めの終わりくらいで頭を抱え、たいていは三枚めの尻まで書ききれずに、「次だ」とのたまい、また新しい一枚めに「小生は」と始めるのである。

小生が小生を小生と申すのは、あまりに奴が小生の上で小生小生と書き綴《つづ》ったことによる。この二文字が呪文のようにこびりついてしまったのだ。

たまに友人が訪ねてくる。みな夜遅くにやってくる。大学時代の仲間らしく、みな勤め人のようで、残業や飲み会で電車がなくなる時分に「泊めてくれ」とやってくる。そういった友人が五、六人はいて、みな明治の男を「あくりゅう」と呼んだ。そして千円とか二千円とか、必ず宿泊代を置いていった。

なぜあくりゅうかというと、奴は文豪・芥川龍之介《あくたがわりゅうのすけ》に憧れて、小説を書いているらしい。もちろんプロではなく、たった一作も、仕上げることすらできていないようだ。

彼は時折小生に額をこすりつけ「ブン、頼む」とつぶやいたりする。万年筆を握りしめ「ヒツ、なんとかならんか」と念じたりもする。机や筆に祈れば作品が生まれると思っている節がある。

彼はひとり暮らしが心もとないのか、ものに名前を付けている。小生はブンヅクエだからブンという名前だ。万年筆はヒツ、布団はセンベイという。掛け布団をセンベイ・ジョー（上）、敷布団をセンベイ・ゲ（下）と呼び、枕をユメとするところなどを見ると、多少のユーモアを持ち合わせているようだ。

彼はものに名前を付けて擬人化《ぎじんか》することを恥じてはいないようで、泊まりに来た友人に「ユメは貸せないが、センベイ・ジョーはどうぞよしなに」などと言う。筆が進まぬのを「ブンが気乗りがしないというから、今度のテーマは見送ることにした」などと小生のせいにしたりもする。

そんな彼を友人らは気にかけて、なんだかんだ理屈をつけては様子を見にきて金まで置いてゆくのだから、彼は同世代のものから見てどこか可愛げらしきものがあるのかもしれない。

彼らは大学で国文学とやらを学んでいたらしい。みなが学生時代に置いてきてしまったものを大切に持ち続けている純粋な魂（褒《ほ》めすぎか）は、貴重なものと思われているのかもしれない。なにせ時代は「空気を読め」だの「準備を怠るな」だのと世知辛く、「移動も出世もすべからく時短で」をよしとする気ぜわしい風潮なのだから。

と、いかにもわかったように語ってはいるものの、小生の時代観もあやしいものだ。その多くは泊まりに来た友人たちの愚痴による知識から成り立っている。その友人たちはあくりゅうを好いてはいるが、彼がこのままでよろしいとは誰も思わないようだ。

「あくりゅう、お前はなぜ小説を書かない」と友人のひとりは言った。

「お前は小説家を目指しているのではなく、ただ芥川龍之介になりたいだけなのだろう」ともうひとりは言った。「芥川龍之介を目指していちゃ駄目だ。芥川龍之介を好きな読者は、芥川龍之介の作品を読む。あくりゅうはあくりゅうの作品を書くべきだ」

そう説教する友人もいた。

小生は不思議に思う。あくりゅうが変人なのは確かなことだが、友人は存外《ぞんがい》普通なのだ。まともを引き寄せる才があくりゅうにはあるのかしらん。この才を何かに有効利用できないものかしらん。

あくりゅうは根っからの阿呆なので、友人の助言に頷くことをしない。「小説家なんて」と口答えをする。

「くだらない奴がいっぱいいるじゃないか。テレビに出てしゃべったり、政治をやったり。俺は小説家になりたいんじゃない。芥川龍之介になりたいんだ。彼は書いて書いて書いて書いた。ワイドショーのコメンテーターなんぞ一度たりともやってないぞ」

その理屈に友人は呆れた。

「彼が存在したのはテレビのない時代じゃないか！　死ぬ直前、金に困っていたと聞くぜ。今この世にいれば、歌謡ショーの司会なんぞやっていたかもしれない」

「そうだ。芥川は死んでもういない」あくりゅうはにたりと笑った。

「今がチャンスだ。この俺が彼の新作を書くのだ」

それがあくりゅうの理屈であった。

文机を「ブンヅクエ」と読む、その程度の国語力の彼には土台《どだい》無理な話である。原稿用紙を三枚埋めることもできず、ただ日だけが過ぎてゆくのだった。

そんなある日のこと。いつもと違う来客があった。

つややかな黒髪をうなじでまとめ、ぶどうの色の服を身にまとったご婦人だ。彼女はあくりゅうを「学《まなぶ》」と呼んだ。

「さんざん捜しましたよ。こんな汚いところで、あなたはいったい」

その時のあくりゅうの顔はまったくもって、少年のそれだった。いたずらを見つけられてやばい、という情けない顔だ。

「ママ、どうしてここが？」

なんと彼女はあくりゅうの母親なのだ。言われてみると目元が似てなくもない。彼女は小生の上の原稿用紙に目を留めた。

「今度はなんの真似？　ピカソはやめて、ものかきごっこ？　そのボサボサ髪は漱石《そうせき》には見えないわね。太宰《だざい》？」

バキッと心の芯《しん》が折れる音がした。あくりゅうのではなく、小生のである。文机を三つ載せても脚は折れなかったが、心の芯というものは案外ともろいものである。これまでも、あくりゅうの人間像は小生の中で二転三転した。こうだと思ったりあだと思ったり。持ち主ゆえ、どこか信じたい気持ちがあった。才はないが志は確かだと思っていたのだ。

しかしピカソだと？　裏切られた気持ちだ。おい、あくりゅう。お前はいったい何者だ？

あくりゅうママは小生のハートブレイクに気づかず、つけつけとしゃべる。

「三浪してやっと入った大学を三留してなんとか卒業したと思ったら、今度は行方不明。学は三が好きだから三年は戻ってこないぞとパパは笑っているけれど、三十過ぎまで放っておけませんからね。ほら、帰りますよ」

「いや、今は帰れない。帰るにしたって心の準備が必要なんだよ、ママ」

「ぐずぐず言わずに身ひとつで帰るの。所詮なんにもない部屋じゃないの。大家さんにはママから言っておきますよ。お金を渡して、ものは処分してもらいます。でもこの文机はもったいないわね。引き取りましょう」

「フヅクエ？」

「材質がいいわ。ママにちょうだいな」

あくりゅうは小生の正しい呼称に驚いていたようだが、気を取り直して質問した。

「ママがこれを何に使うのさ」

「家計簿をつけるのに使うわ」

あくりゅうは腕組みをして何か考えていたが、「ひとつお願いがあるんだけど」と言った。

「ひとつですって?」ママはまなじりを吊り上げた。

「学、あなたのお願いをこの三十年何回聞いたかしらね? ママのたったひとつのお願いを叶えてくれないくせに!」

四畳半は静まり返った。「しいん」という台詞が聞こえたような気がしたほどだ。続いてごごごごと振動がした。窓のすぐ外を電車が通ったのだ。最終電車に相違ない。

「ごめん、ママ」あくりゅうはうなだれた。

彼女のたったひとつのお願いって何なのだろう?

ママは携帯電話でタクシーを呼んだ。

「十分で来ますって。支度しなさい」

「帰るけど、今日は駄目だ」あくりゅうは神妙な口調で言った。

「実は今夜、山田《やまだ》が来るんだ」

「まあ、法務省《ほうむしょう》に入った山田くん？」

ママの表情はぱっと明るくなった。

「ああ、奴が来るから、今晩は泊めなければならない。友人との約束は必ず守れとパパがよく言ってるじゃないか。帰るのは明日にするよ」

ママは少し考えているようであったが、「そうねえ。山田くんに職場の様子を聞いて、社会を知るのもよいことだわ。なにせ彼はキャリア組ですからね」と言って、財布から二万円を出し、「おいしいものでもめしあがれ」と帰って行った。

あくりゅうはちょっとの間ふたりの福沢諭吉《ふくざわゆきち》を見つめていたが、やがて押しいただくようにして懐《ふところ》にしまった。

さてそのあと友人が来るには来たが、山田ではなくて青木《あおき》で、法務省ではなくてOA機器の営業職だ。山田というエリート野郎は本当にいるのだろうか、ここへ来たことはない。ママ対策の亡霊かもしれない。

あくりゅうは青木にかくかくしかじかとことの次第を説明した。

「そうか。お袋さんに見つかったか。しかし一晩の執行猶予を獲得したのは偉いぞ。お前も成長したな、あくりゅう」

「うむ」

「で、どうする」

「お袋の手配で明日ここを引き払わねばならない。うちへ帰ったらおしまいだ。どこかへ移ろうと思う」

「ならばとりあえず金を作れ」

青木は部屋をぐるりと見回し、小生に目を留めた。

「これを質屋に持って行き、逃走資金を作ろう」

あくりゅうは「よし」と立ち上がり、押入れを開けた。

「センベイも持って行くか」

「それは金にならんだろう」と青木は顔をしかめ、「金になるのはブンとヒツくらいなものだ」と言った。

「ヒツはもらい物なので、手放せない。ブンだけ売る」

小生だけ売る？　小生だけ売る？　小生だけ？

「売るんじゃない。あずけるだけだ」

青木はまるで小生を慰めるが如く言った。

そういうわけで、小生はあくりゅうの細腕に抱えられ、深夜にアパートから持ち出された。青木は「こっちだったと思う」と先導するのだが、少々千鳥足《ちどりあし》なのが気になった。あのアパートへ泊まりにくる友人はたいてい酔っ払っているのだ。

「ここだ」

やってきたのは明日町《あしたまち》こんぺいとう商店街という、時間が止まったような空間で、その一角にある小さな店の前で千鳥足は止まった。青木はガラス戸をがたがたやったが、鍵が閉まっていたし、暗かった。なにせ終電もなくなった深夜だ。ほかの店はみなシャッターが下りている。

「ここは本当に質屋か？」

あくりゅうは不審そうだ。ガラス戸には真新しい紙が貼ってあって、『一日百円でなんでもおあずかりします』と書いてある。

「金を払ってあずける店のようだぞ」

「そんな店あるわけないだろう？」

青木は腕時計を見て、「なるほどもうこんな時間か。開店するまでここで待とう」とガラス戸を背に座り込んだ。

あくりゅうもそうした。小生を腹巻《はらまき》のように抱えて足を投げ出すと、小生の上に両腕を投げ出し、ふうっと大きく息を吐いた。そして上を見た。

「星が綺麗だな」

「芥川龍之介はそんな陳腐な物言いはしない。星が綺麗というのを芥川的に表現してみろよ」

青木の意地悪な言い方に、あくりゅうはうつむいた。

「知ってるか？　芥川龍之介はこうやって本を読むんだぞ」

青木は懐からビジネス書を出して、パラパラと流れるようにめくってみせた。

「それでは文字は読めないだろう？」とあくりゅうは言った。

「いや、彼には読めるんだ。人からは読んでいないふうに見えるほど、速読《そくどく》だったと聞くぜ」

「芥川がか」

「そうだ。奴は頭がいいんだ。あくりゅう、お前にはなれないよ」

あくりゅうは傷ついたふうでもなく、むしろすっきりとした顔で再び星を見上げた。

「星は綺麗だ。言葉を弄《ろう》する必要はない」

文机の小生から見ても、綺麗な星たちだった。しばし静かな時間が流れた。

「あの部屋がなくなったら、明日からどうするかな」

不思議なことに、これは青木が言った。

あくりゅうも不思議に思ったようで、青木の横顔を見つめた。

「俺だって苦しいんだよ」青木は肩をすくめた。

「自信がなくてさ。こうして参考書片手によろよろ生きてるんだ。あくりゅうがあの部屋で叶いっこない夢に向かってるの見て、実はほっとしてた。駄目な奴見て、こいつよりはマシだって、救われる思いがしてた。ほかの奴らはどうか知らんが、俺にはあの部屋が必要なんだ」

あくりゅうは気を悪くした様子もなく、「俺がピラミッドの下にいたってわけか」と言って夜空を見た。

「俺はこうして上ばかり見ている。お前らなんか目に入らない。いつだって星を見ている」

「それは知ってた。お前は俺たちのことをうらやましく思ってないってさ。だから一緒にいて楽だったし、応援だってしていたんだぜ。あくりゅうが本当に傑作を書いたら、世界が変わるような気がしてさ。信じてくれるか？」

「ああ、心はひとつじゃない。星の数ほどあって、全部嘘じゃない」

青木は驚いたような顔をして「今の文学的。芥川っぽい」と褒めた。

「なれるかな？　芥川に」

「それは無理」青木はハハハハと愉快そうに笑った。

あくりゅうは懐から万年筆を出した。

「これ、親父がくれたんだ。芥川を目指すと言ったら、がんばれと言って」

「親父さんは何をやってる人だ?」

「公立中学で先生をやってる」

「随分と堅実じゃないか」

「家庭に事情があったらしくて、周囲から堅実な職業に就けって言われ続けて、夢を持つことが許されなかったらしい」

「だから息子には寛容《かんよう》なんだな」

あくりゅうはしばらく黙っていたが、青木がうとうとしかけると、ぼそっとつぶやいた。

「実は俺、高校時代はピカソを目指していて、すると親父はがんばれと言って絵筆を買ってくれた」

「それは初耳だな」青木は目が覚めたようだ。

「調子に乗って芸大受けて三回落ちた」

言いながらあくりゅうは万年筆をくるくる回した。まるでヒツがバレエを踊っているふうに見える。

「夢を持て。夢はいいぞ。親父はよくそう言うんだ。それで俺、いつも夢を探してた」

「夢は探すものなのか？」

ふいに星がひとつ流れて消えた。

「見たか？」「見たぞ」

ふたりは子どものような顔で目を合わせた。

「青木は何か願ったか？」

「いいや。お前は？」

「願う前に消えるよな、流れ星って。流れたら願いごとを唱えるぞ、と常に構えていない限り無理だ」

「今から構えても無理かな」

「青木は何を願うんだ」

「あくりゅうが夢を叶えられますように」

「嘘つけ！」

「基本給が上がりますように」

「しけた願いだ」

あくりゅうはふうっと大きくため息をついた。

「俺、ファザコンなのかな。親父のこと好きだから、喜ばせたいんだよね」

「親父さん、どんな教師なんだ？」

「さあな。教え子が相談に来たり、卒業生が結婚の報告に来たりするから、まあ、好かれてはいるみたいだ」

その時、ガタガタと音がして、ガラス戸が開いた。中からひょろりとした人影が現れ、「うちに何か御用ですか」とささやいた。声はまるきり少年ぽい。

青木は立ち上がり、「すまない、起こしてしまったかな。開店時間は何時？」と尋ねた。あくりゅうは小生を抱えているため、すぐには立てずにわたわたしている。

「開店時間？」少年はきょとんとしている。

「ここ、店だろう？　なんでもあずかるって、書いてあるじゃないか」

「あ、はい！」少年は急にはっきりとした声でしかと返事をした。

深夜三時。

見知らぬ男ふたり（しかも片方は酒臭い）を室内に入れてしまうのは迂闊《うかつ》だと思うが、少年はそうしてしまった。少年というよりも青年で、なんと店主なのだった。

青木は部屋の灯りのスイッチを自分で探してつけた。空のガラスケースがあり、その向こうに六畳の小上《こあ》がりがあった。のれんらしきものは巻かれて土間に立てかけてある。店には見えない。元店に見える。

あくりゅうは小生を抱えて勝手に小上がりに上がり、店主をじろじろ見て、「君、目が見えないんだな」と言った。あまりにずけずけとものを言うので小生はひやりとした。

「はい」と店主は言った。

小生は小上がりの真ん中に置かれ、青木とあくりゅうが並んで座り、小生を挟んで反対側に店主が座った。

小生を質屋へ入れて金に換えるはずの男ふたりは、すっかり目的を忘れたように店内を見回している。目の見えぬ青年と彼が営む店に興味津々のようである。

「君はひとり住まいなのか」

「両親はいるのか」

「たった百円でこの店は儲《もう》けがあるのか」

などなど、矢継ぎ早に質問した。店主はそのひとつひとつに過不足なく答える。自分はひとり暮らしであり、親はいるけど一緒に暮らしておらず、この店は開店したばかりなのでまだひとつも儲けを出していないという。

「いったいいつ開店したんだい？」

「出店手続きを済ませたのは一週間前です」

「それで、お客は？」

「おふたりが初めてのお客様です」

店主はうれしそうに微笑んだ。肌の色が白く、半袖のTシャツからにょっきりと伸びる腕はひょろひょろと長く、背はおっさんふたりより高いくらいで、しかもまだこれからぐんぐん伸びそうな気配がする若者である。

青木は頭をかいた。

「いやその、俺たちはここが質屋だと思っていたんだ。悪いが、金を払ってあずけるものはない」

「質屋はこの商店街を抜けた先にありますよ」

店主の声は親切心にあふれていた。

「目印は赤い屋根だそうです。営業時間はええと、たしか」

あくりゅうは「ちょっと君！」と遮った。

「せっかくの初めての客にライバル店を紹介するなんて、駄目だよ、甘いなあ」

「はあ」

「他店の営業時間ではなく、自分の店の営業時間を言いたまえ」

「すみません。実は営業時間は特に決めていなくて」

「どういうことだい？」

「ぼくはずっとうちにいるので、お客がいらした時に対応すればいいかなと」

「二十四時間営業ってことかい？」

「はあ」

「それは感心しないな。めりはりがない。第一、君の体によくない。成長期は睡眠が大事だからな。えっと会社員は何時間労働なんだ？」

青木は「普通、八時間労働だろう」と言った。

「よし、君の店は一日八時間開店しなさい。そうさな、君は早起きは得意かい？」

「ええ、いつも六時には起きています」

「では、開店時刻は七時」

「早くないか？」と青木はいう。

「いや、学生が登校前に寄れるし、会社員も通勤途中に寄れる。あずかりやは隙間《すきま》産業なんだから、そのくらいの工夫はしないと」

あくりゅうは自信たっぷりだ。それになんだか妙にてきぱきとしている。「ブン、頼む」「ヒツ、なんとかならんか」などとほざいている日頃の姿とは程遠い。

「朝は早く開けて、昼休みをきっちりとろう。十一時にいったん閉店し、午後は三時から七時というのはどうだ？」

「昼に休みすぎじゃないか」と青木は言う。

「いや、店は閉めても奥でやることがあるぞ。在庫管理とか。会計処理とか。それに食事や散歩など、自分の時間をしっかりとらないといけない。経営者は体力勝負だからな。休養は大事だ。今日のように夜中にガタガタするものがあっても、店をけして開けてはならない。泥棒かもしれんし、まずは１１０番するべきだ」

あくりゅうは小上がりを下りると、立てかけてあるのれんを広げた。藍《あい》色に白抜きのひらがなで「さとう」と書いてある。

「君の苗字は佐藤《さとう》か」

「いいえ、桐島《きりしま》です」と店主は言った。

あくりゅうと青木は目を合わせ、同時に首を傾げた。それからあくりゅうは質問を続けた。

「ここは以前、何か商売をやっていたのか」

「十年も前ですが、和菓子屋でした」

あくりゅうは、まあいいか、という顔をしてのれんを巻いて立てかけた。

「開店中はのれんをかけるといい。営業している目印だから、人が入りやすくなる」

「わかりました」と店主は言った。

「ところで」今度は青木が質問をする。

「君はどうしてあずかりやという商売を思いついたんだい?」

「そうだ、それは聞きたいところだ」とあくりゅうは立ったまま口を挟んだ。

店主は小さな声で言った。

「ある人にものをあずかってくれと頼まれて」

「ほう」

「あずかりものと一緒にあずかり賃を渡されたんです」

青木は好奇心の塊《かたまり》のような顔をして「何をあずかった?」と尋ねた。

「それは言えません」

「そうだ、言ってはいけない」とあくりゅうは店主の肩を持った。

「あずかりやは守秘義務を厳守すべし。あずかりものについて他言してはならない。そこはちゃんとしておかなくてはな。商売は信用第一だ」

商売なんてしたことないくせによく言うよ、と小生は思ったが、青木も全く同じような表情をしていた。

店主は「あずかる時に名前を聞くことはちゃんとしようと思います」と、遠慮がちではあるが自分にも考えがある、というふうに言った。

「そうだな、君は目が見えないから、耳で客を覚えればいい」

さらに店主は自分の考えを述べた。

「期限を過ぎてもお客が取りに来なかったら、あずかりものはうちで引き取ります。料金は前払いでいただいて、期限より早くお客が引き取りに来た場合は、あずかりものはお渡ししますが、差額は返金しない取り決めにしようと思うのですが」

「いいんじゃないか。なかなかしっかりしてるな」

あくりゅうは満足げだ。

青木は「百円で粗大ゴミを置いていく客がいるかもしれんぞ」と意見した。店主は目が見えないので、騙《だま》されないか心配しているようだ。

店主は少し考えて「その時はこちらで粗大ゴミを処分します」と言った。

「それでは赤字になっちまうぞ」と青木は言ったが、あくりゅうは「多少のリスクは商売につきものだ」と余裕を見せた。

「商売人は世間に誠意を見せたほうがいい」

さっきからあくりゅうは商売を百年もしてきたふうに言う。小生はそれがおかしくてならない。青木も笑いをこらえるような顔をしている。

店主は「はい」と神妙な顔で頷いた。素直なのに自分の意見はきちんと言える。このような人間は珍しいのではないだろうか。小生は家具屋とあくりゅうの部屋でしか世間を知らぬから、よくわからないが。

あくりゅうは小上がりに戻ってくると、正座をして「で、将来はどうする？」と店主に尋ねた。

「将来？」

「十年後、二十年後、この店をどうしたいというビジョンはあるのか？」

小生はかたはらいたかった。その言葉は、あくりゅうがいつも青木たちに言われていることだからだ。その問いに「たぶん俺は芥川龍之介になっている」と現実味のないことを言っては失笑されていた。

店主はしばらくの沈黙ののち、「ビジョンは持っていません」と言った。

あくりゅうはあっという顔をした。青木もだ。

店主は自分の気持ちを丁寧に探すように語った。

「ぼくはただ、ぼくに何かできることがあるとすれば、それをきちんとやっていきたい。それだけなんです」

若い店主の声は熱くもなく、冷たくもなかった。

「君はいくつだ」とあくりゅうは言った。

「十七です」

「今まで夢を持ったことがないのか」

店主はしばらく考えているようだった。夢について考えたことがあるだろうかと自分に問うているのだ。ビジョンだって夢だって、適当に格好つけて答えておけばよいものを、いちいち誠実に考え、正直に答えようとする、そんなまっすぐな性格のようだ。

「ぼくは学生時代、盲学校の寮で暮らしていました。不自由はしませんでしたし、友達もいました。でもいつか、幼い頃育ったこのうちでもう一度暮らしたいと思っていたんです」

「それが夢か？　ここで暮らすことが？　ここは君のうちだろう？」

「はい。人に向かって夢だと言えるほどのものではないと思います。でもまあ、ここで、自分にできることを真剣にやるというのが、ぼくの頭にあることのすべてなんです。何ができるかわからなくて迷った時期もありましたが、今はあずかりやをやろうと決めて、はりきっているんです」

店主の顔は清々《すがすが》しく、心はガラス張りのように透けて見えるようだ。

あくりゅうはしばらく黙っていた。それからぼそりと「盲学校って、教師はどんなだ？」と言った。

「どんなとは？」

「みんな親身なのか？　普通の学校と比べてどうだ？」

店主は何か思い出したのだろう、懐かしさと寂しさを併せ持ったような表情をしたが、それは一瞬のことで、すぐに快活さを取り戻して言った。

「普通の学校に通った経験がないのでわかりません」

この時、すずめが鳴いた。外はもう青白くなってきている。もうすぐ夜が明けるのだ。

あくりゅうは「あずかりやは存外うまくゆくかもしれないな」と言った。

「人はがめつい生き物で、ものをなるたけ持ちたがる。しかしそれを目の当たりに置くのを嫌うという習性があるからな」

普段小生が感じていることをあくりゅうの口から聞くとは、びっくりだ。ものと人は一緒にいると考えが似てくるのかもしれない。

あくりゅうはさらに考えを述べた。

「いったん目の前から消すと、そのものとの距離を測れる。こういう店の存在は、必要とされるかもしれない」

なるほど。小生に欠落しているのは引き出しだ。だから人気がなかった。この店は人々にとって引き出し的存在になってゆくのかもしれない。

店主は「ありがとうございます。心強いです」とガラスのような瞳を輝かせた。

あくりゅうは満足げに頷くと、「では俺が客第一号になる」と言い、小生をぽんと叩いた。

「これをあずかってくれ」

店主は手を伸ばして小生に触れた。てのひらは清潔そうで、ひんやりとしている。小生の形を確かめようとして、全体を撫でる。若々しい命がてのひらから伝わって来る。

「文机ですか？」

「そうだ」

「何日おあずかりしますか」

「そうだな、二百日」

「二百日？」青木は驚きの声を上げた。

「金、持ってるのか？　俺はないぜ」

あくりゅうは落ち着き払って懐から二万円を取り出すと、店主のてのひらに載せた。

ママからもらった金をそっくり全部渡したのだ。

店主は真剣な表情で紙幣を触っている。

「わかるな？」とあくりゅうは言った。

「はい、きっちり二万円、たしかにいただきました」

あくりゅうは「帰る」と言って立ち上がった。

青木は「いいのかよ？」などと言いながらも靴を履いた。あくりゅうはうむうむと頷きながら下駄を履く。

「じゃあな」とあくりゅうが言うと、店主は「ありがとうございました」と頭を下げた。

あくりゅうは「駄目じゃないか！」と叱るように言った。

「名前を聞くんだろう？」

まるで研修。まるで教師気取りではないか。

店主はあっという顔をして「お名前は？」と尋ねた。

あくりゅうは胸をはって答えた。

「芥川龍之介」

店主は「えっ？」という顔をしたが、あくりゅうと青木はそのまま出て行ってしまった。あくりゅうの下駄の音がだんだんと小さくなってゆく。入れ替わりに日が昇ってきて、それから少しあとにいい風が吹いた。

というわけで、小生は「芥川龍之介からのあずかりもの」として二百日をここで過ごすこととなった。あくりゅうはついに芥川龍之介となったわけである。反則技で夢を実現させたのだ。

小生はあずかりものなので、店先ではなく奥の部屋へ移された。店主は小生の上にけしてものを載せなかった。あずかりものとして大切に保管し、二日にいっぺんは布巾《ふきん》で乾拭《からぶ》きもしてくれた。店主はあくりゅうと違って清潔好きで、律義者で、日々の生活は極めて規則正しかった。

毎朝六時に起きると、まずは顔をしっかり洗う。石鹸を使ってきっちりと。そしてあくりゅうが指示した通り、七時に店を開け、十一時からは昼休みをとり、午後は三時から七時まで店を開いた。そして開店中はのれんをかけた。

店はあくりゅうの読み通り存外うまくゆき、ものをあずける人がぽつりまたぽつりと訪れた。小生は店にいたわけではないので、すべてを把握できないのがジレンマだったが、ちょっとした騒ぎが起こると奥の部屋にも聞こえた。

ある時は家の権利書が持ち込まれた。

「遺産のごたごたがあって、業突《ごうつ》く張《ば》りの息子から遺産を守りたいの」と老婦人があずけに来たのだが、あとから息子が「母親の妄想だ。返してほしい」とやってきて、店主が依頼主の意思を重んじるあまり、きっぱり断ったところ、後日弁護士が医者の診断書を持ってきて、店主も納得してやっと戻したことがあった。このごたごたが落ち着くまで店主は奥の部屋で法律関係の調べ物をしたり、ほとんど寝ずにがんばっていた。目が見えないゆえ、音声データで資料を取り寄せたり、てんてこまいであった。ビジョンはない、できることを真剣にやる、と言っていたが、その真剣さはほんものだった。彼に比べればあくりゅうのがんばりなどないに等しかったと小生は思う。

ある時はかぶとむしが虫かごとあずけられた。ある時は婚約指輪があずけられた。ある時は古時計が、ある時はあきらかに粗大ゴミの時もあった。青木の心配は当たったが、店主は虫ともゴミとも真剣に向き合った。

どうやら客は店主の目が見えないことに甘えているようだ。あずけたものを詮索《せんさく》されないし、顔は覚えられない。そこが客を安心させるのだろう。客にとって都合がよいことは、店にとっても都合がよいことだ。だって客が増えれば、当然儲けが増える。

小生はひとごとながら日々愉快になっていった。

店主と客とのやりとりを聞いたり、ほかのあずかりものと過ごすことは、小生の見聞を広めるのにも役に立つ。文机としての仕事はなかったものの、二百日という期限を決められているゆえ、あせりはない。ひょっとして期限より早く奴が迎えに来るかなと期待しないではなかったが、今のうちに知識を蓄積し、「ブン、頼む」と奴が泣きついてきた時に「このテーマで書いたらどうか」とすかさずアイデアを思い浮かべ、それが奴に伝わって傑作が書けたとしたら本望だなどと考えた。

店の繁盛に従って、店主はさらに奥にある広い部屋に鍵を付け、そこにあずかりものを保管するようになった。当然小生もそこにしまわれた。それからは店の様子が窺えなくなったが、あずかりものの出入りだけで、外の様子を想像した。

二百日はずっと遠くに感じたが、いつのまにか近づいてきた。

店主は期限をすべて記憶しているようで、期限が近づいたあずかりものを保管部屋の手前に置く。小生もいよいよ手前に置かれた。そろそろ文机として生きたいと、じれじれしていた。あずかりものではなく、あくりゅうのブンとして存在したいと。

いよいよその日が来た。やけにあずかりものの出入りが多い日であった。店主は何度も保管部屋へ出入りした。そのたびに「いよいよ小生のお迎えが！」と思ったが、店主の手は小生に触れることなく通り過ぎた。店主も気になっているようで、夕方になると、小生の存在を確かめるようにそっと触れた。

長い長い一日が過ぎた。家具屋でピラミッドの底辺として過ごした何ヶ月よりも長く感じた一日であった。あくりゅうが決めた閉店時刻を過ぎても、あくりゅうは現れなかった。

そこで小生はあくりゅうのこの言葉を思い出した。

「いったん目の前から消すと、そのものとの距離を測れる」

あくりゅうは小生と離れて過ごす間に、「文机不要」と気づいたのかもしれぬ。

いやまてよ。

あくりゅうは小生をあずけた瞬間、芥川龍之介になった。だからもう小生は必要なくなったのかもしれない。

いやまてよ。

ひょっとすると最初から捨てるつもりで置いていったのかもしれない。二万円はあずけ賃ではなく、あずかりやへの資金援助だったのかもしれない。

いやまてよ。

あくりゅうは今頃ピカソをやっているのかもしれない。

いやまてよ。

あくりゅうはあの帰り、交通事故で死んだのかもしれない。

あくりゅうは、あくりゅうは、あくりゅうは。

うーむ。考えても不毛だ。

兎《と》に角《かく》こうして小生はあずかりやの店主のものとなった。期限が切れたあずかりものを店主は売ったり捨てたりすることもあったが、小生は処分されず、店に置かれた。

自分で言うのもなんだが、小上がりには文机がよく似合う。小生がいて初めて、店は店らしい顔になったように思う。

店主は小上がりの奥に小生を置き、そこに座って客を待つ。片方の耳にイヤホンをあててラジオを聞くことが多かった。店には二百日前にはなかった古時計が壁に掛けてあり、一時間おきに時を打つ。ボンとかボンボンとかボンボンボンと。この時計もあずかり期限が切れたものだ。

時計はせっせと「時間は流れているぜ」と警鐘を鳴らすが、あずかりやでは時間が止まっているように感じられる。

店主の手や足は少しずつだが伸びる。本当に伸びる。近くにいるのでよくわかる。小生はそのことにより少しは時が経っているのを知る。ところがある時、店主の手足は伸びるのをやめた。それで小生は時の流れをつかみにくくなった。

そんな折、おかしな客が現れた。
若い女性で、腕がむき出しの服を着ており、髪がうねうねっていて、店主に声をかけない。営業中にすっと入ってきて、断りもなく奥へ入った。そして店主が店を閉めて奥に入ると、女はすっと出てきて店で過ごした。客用座布団を枕に小上がりでぐうすか寝たりするのだ。そして朝、店主が店に出る時間にはまたすっと奥へ引っ込む。まったく不思議な女だ。

小生はしばらくこの女を観察したところ、どうやら彼女はここで勝手に住んでいるようなのだ。店主の目が見えないので、うまいこと誤魔化せると思っているらしく、抜き足差し足忍び足で奥と店を行き来する。

家出娘なのだろうか。警察に追われる犯罪者かもしれない。たしかにここにいれば宿泊賃はかからない。たまに外で弁当を買ってきて、むしゃむしゃ食ったりしている。彼女は大胆かつ迂闊だ。目が見えない人間がどれだけ察しがよいかを知らないのだ。

店主は客がのれんをくぐっただけで顔を上げる。のれんがゆらぐ音が聞こえるらしい。風も察知する。空気のかすかな移動で、ドアが開いているか否か、客が立っている位置も把握するのだ。匂いにも敏感で、カビは見逃さずに拭き取る。

ひとりの女が奥と店を行ったり来たりして、気づかぬわけはないのだ。

ところがおかしなことに、店主は気づかぬふりをしていた。素知らぬ顔でいつもの暮らしを続けているのだ。ひょっとすると他人の存在を楽しんでいるのかもしれない。女がうっかりガタッと音をたて、ひやりとした顔で店主を見ても、店主は聞こえないふりをしていた。

振り返ってみれば、あくりゅうの人生は賑やかだった。複数の友人がなんやかんやと出入りしていたし、家族が奴をつかまえにきた。社会の片隅にいながらにして、てんやわんやの人生を送っていた。比べて店主はとことん孤独だ。親は生きているらしいが、小生の知る限り、会いに来たことはない。

ある日、その女は小上がりから下りようとして、足をすべらせた。たまたま店主は奥から出てこようとしたところで、咄嗟《とっさ》に手を差し伸べた。それで女はなんとかころばずに済んだ。

女はあっという顔をして、逃げるように奥へ引っ込んだ。店主は何事もなかったように小生のところへきて座った。

その夜のことである。

時計がボンと一回打った。かなり深夜だ。店でごろごろしていた女はやおら起き上がり、小生の上に七百円を置いて出て行った。彼女がいたのは一週間。自分のあずかり賃を払って行ったのだ。

そしてまた店主はひとりになった。

それからしばらくして、別の女が現れた。今度は若くはないおばさんだ。ボランティアで点字を打っていますと言って、どさりと点字本を置いていった。あずかりやが開店して八年が経っており、店主は二十五歳になっていた。

その日から、店主は小生の上で点字本を読むようになった。点字本を読みながら客を待つ。これが定番のスタイルになった。小生はずっしりとした紙の重みに、文机として存在する意義をひしひしと感じた。

点字本はでかいのだ。小生のようにがっちりとしてすっきりとしたデザインはまるで点字本を載せるために生まれてきたと言えるほど、ちょうどよい。

おばさんは相沢《あいざわ》という名で、たびたびここを訪れるようになった。いろいろと不思議なところのあるおばさんだったが、店主とは気が合うようで、一定の距離を保ちつつ、なんとはなしに身内のようなあたたかい関係になっていった。

そのうち店には猫がいついたり、オルゴールがやってきたりと、少しずつだが仲間が増えて、のれんもガラスケースも時計も小生も含め、いわゆるひとつのチームになった。チームといってもえいえいおーなどと叫ばない。うすぼんやりとした存在だ。

あくりゅうの部屋では、ヒツは小生より大切にされていた。小生より下にユメがいて、さらに下にセンベイ・ジョーとセンベイ・ゲが位置していた。小さい世界ではあったが、あの部屋にはヒエラルキーがあった。

ところがあずかりやにはそれがない。オルゴールもガラスケースものれんも時計も猫も小生も、店主にとって身の回りのものに過ぎない。なぜなら店主はものに名前を付けない。猫でさえ、初めは猫でしかなかった。他人にあれこれ言われてやっと「社長」とふざけたような名前を付けたくらいだ。

われわれは店主にとって風景なのである。しかも、なくてはならない風景なのである。店主は風景を必要とし、愛し、大切に扱う。

チームあずかりやはみなそのことを承知し、不思議な連帯感をもって、店主を支え、見守っている。個々に思いはあるんだ。あののれんは店主に恋をしてるし、ガラスケースはオルゴールが気に入っているようだし、小生だって欲を言えば、あの可愛らしいオルゴールを小生の上に載せて歌を聴いてみたいという欲求もある。まあそれはそれ、みな全体には満足している、ということだ。

ある日、紺色のスーツを着た中年男が店に入ってきた。

営業時間なのに店主はおらず、しかたないので「いらっしゃいませ」と小生が言った。言ってみるものである。本当に声が出た。

その中年男は「よう」と言った。よく見ると、あくりゅうではないか！　髪は七三に整えられ、少し白髪が交じっている。

「やっと迎えに来たか。随分遅かったな」

小生は胸が躍り、いささか声が震えた。

あくりゅうは落ち着いた様子で、小生が載っけている点字本を見て、「ブン、ちゃんと働いているんだな」と言った。それからゆっくりと店内を見回し、「店主もしっかりやっているようだな」と満足げにつぶやいた。

あくりゅうは靴を脱がず、小上がりに上がらなかった。

小生を迎えに来たわけではないのだと、じわりと感じた。残念な気持ちと、ほっとする気持ちがあった。強がりではないんだ。あの部屋でブンと呼ばれるのも良いが、この店で点字本を支える職務も捨てがたい。心はいろいろで、ひとつではないのだ。あくりゅうが言ったとおりなのである。

せっかく話ができるのだから、少しばかり会話を試みよう。

「あくりゅう、お前は今何をやっているのだ」

あくりゅうは恥ずかしそうに笑いながらつぶやいた。

「ちょっと教師をな」

驚いた！　こいつ、八重歯なんてあったんだ。笑くぼもあるではないか。小生、あくりゅうの笑顔を見るのは初めてだ。

この時小生はすんなりとつかめた。あくりゅうという人間がつかめた。

彼はおそらく初めから教師になりたかったんだ。たぶん父のことが好きで、父のようになりたかったんだ。でも父が「夢だ夢だ」というので、父の夢につきあっていたんだ。そうだろう？　馬鹿だな、あくりゅう。原稿用紙を埋められないはずだよ。

そうか、教師か。あくりゅうにはまともを引き寄せる才がある。きっと生徒をまっすぐに育てるだろう。教師は天職だ。

万事に安心した小生は、あくりゅうを少々からかってみたくなった。

「良いアイデアがあるんだが」

「ほう、聞こうじゃないか」あくりゅうは真顔で腕組みをした。

「あのアパートを小説の舞台にするってのはどうだ？　ヒツやユメ、センベイ・ジョーやセンベイ・ゲ。もちろん小生も登場する。どう書いたって許す。青木たちも登場させてだな、いわゆる私小説ってやつさ。久しぶりに書いてみろよ。今なら五枚は書けるかもしれんぜ」

「いいな、それはなかなかいい考えだ」

あくりゅうはなるほどと頷いた。つきあいで頷いているだけだと、小生にはわかる。でももう少し、夢を語りたくなった。

「芥川龍之介にはなれんが、芥川賞くらいはとれるかもしれんぞ。いや、とれる。みんな喜ぶぞ、お前が芥川賞をとったら。親父さんも泣いて喜ぶぜ」

「ああ、親父も喜ぶだろうよ、草葉《くさば》の陰《かげ》で」とあくりゅうは言った。

小生はあずかりやで見聞を広め、それなりに知識が増えたゆえ、草葉の陰が何を意味するかわかった。あずかりやの外では時が過ぎゆく。そんなこともあるだろう。

あくりゅうは「店主によろしくな」と言ってさっさと出てゆこうとするから、しつこいとは思ったが、どうしても知りたいことがあったので、呼びとめた。

「なあ、あくりゅう。ママのたったひとつのお願いって何だったんだ？」

あくりゅうは振り返った。

「教えてくれ。そこだけ妙にひっかかっているんだ」

あくりゅうは八重歯を見せた。

「笑って生きろってさ」

語尾の「さ」が聞き取れた瞬間、あくりゅうは消えてしまい、その場所には別の客が立っており、店主としゃべっているではないか。

小生は夢を見ていたのか？　あくりゅうが来た夢を。

その客は丸っこいおじさんで、断じてあくりゅうではなく、でかい犬を連れていた。「ごはんとか、トイレとか、お手をわずらわせますが」などと言っている。

なんだなんだ。店主よ、今度は犬をあずかるつもりか？　店主は真剣な面持ちで、ここまかに犬の面倒の見方を教えてもらっている。やれやれ、大丈夫かな。

それにしても、あくりゅうの夢を見るとは。

小生はまだ心の片隅であくりゅうを待っていたというわけか。ブンという名に未練があるのかもしれない。少々店主に申し訳ない気持ちがする。ただ、おあいこだとも思う。店主も誰かを待っている。小生だけじゃない、チームあずかりやのみんな、たぶんそれをなんとはなしに察している。

店主は気が遠くなるほどの長い時間を待ちながら、愚痴も言わずじれもせず、あずかる仕事に取り組んでいる。誠心誠意、他人の人生の引き出しになろうとしているのだ。あっぱれ。

小生も点字本を支え続ける仕事に打ち込もう。

先ほど夢で見たとおり、あくりゅうはたぶん教師をやっている。そしておそらく笑って生きているのではないかと思う。

奴は小生をここにあずけた晩、若い店主にああせいこうせいと偉そうに指示していたが、内心ではたいそう心打たれていたのではないか。

こんな寂しい場所に、未成年の店主がひとりいて、「自分にできることをしたい」と言った。その姿に心打たれ、自分もそうしてみようと思ったのではないか。あの時の店主は、直前に見た星のようにピュアで、きらきらと輝いていたもの。

ついにあくりゅうは八重歯を見せた。

お袋さんはたったひとつの願いが叶ってさぞかしうれしかろう。

青い鉛筆

初めて、盗んだ。２Ｂの鉛筆一本。

手に優しい、丸みを帯びた六角柱《ろっかくちゅう》。一度も削られたことのない完璧な形。軸は鮮やかなブルー。青というよりもブルー。おばあちゃんちから見える海の色に似ている。

小学校へ上がる前、お盆に遊びに行った時、縁側でおばあちゃんが教えてくれたんだ。

「見てごらん。あの海の名前は太平洋《たいへいよう》というんだよ」

おばあちゃんを思うたび、海の、あの潮の香りが蘇《よみがえ》って、鼻の奥がつうんとする。

おばあちゃんは鎌倉《かまくら》に住んでいて、庭の蜜柑《みかん》の木を「冬実《ふゆみ》さん」と呼び、入道雲を「もっくん」と呼んでいた。だから太平洋というのも、おばあちゃんが付けた名前だとその時のわたしは思ったんだっけ。

東京《とうきょう》の日の入らない四畳半の自分の部屋で、太平洋色の鉛筆を眺めていると、ふいに横から手が伸びて、鉛筆が消えた。

「き、れ、い」

直樹《なおき》だ。ニコニコ笑って鉛筆を口に入れた。あわてて取り返したけど、鮮やかなブルーのお尻に小さな歯形が付いてしまった。どうしよう？

ひっくり返って手足をばたばたさせ、火がついたように泣いている直樹。泣きたいのはこっちだよ。

「何やってるの！」

叫んだのはおかあさん。目を吊り上げて走ってきて、直樹を抱き起こした。

「怪我はない？　痛かった？」

わたしは責められているような気がした。直樹は泣き止まない。泣き止んだら大好きなおかあさんがキッチンに戻ってしまうから。

わたしは鉛筆をそっと手提げに隠し、「突き飛ばしてないよ」と言った。

おかあさんは「わかってる」と言いながらこちらを見る。その目は「もう少し優しくできないの？　お姉ちゃんなんだから」と言ってるんだ。

わたしはこの春中学生になった。三歳の時から「お姉ちゃん」をやっている。直樹は小学四年生。学校に行ってれば、だけど。一生赤ちゃんのままでいられる特別な子ども。それが弟の直樹だ。

泣き声を背中で聞きながら、手提げを持って家を出た。

外は車の音がするし、風の音もする。けど、わたしには静かに感じる。直樹の足音や泣き声ほどうるさいものはない。

　おかあさんは気づいてないけど、これは家出だ。手提げには全財産が入った財布を入れてある。いつでも家出ができるよう、こうしてあるんだ。一万七千八百円。違う、先週コミック雑誌を買っちゃったから、一万七千三百円。わたしはこれで自由になれる。

　さばさばした気持ちで歩いてゆくと、細い川に出た。鉄の柵があって川辺に人が入れないようになっている。とりあえず水の流れに逆らって歩いた。いつもは行かないほうだ。あてどなく歩いていると、制服のまま出てきてしまったことに気づく。すると急に今日の学校での出来事が頭に浮かんだ。

「一本、削ってないやつが入ってる。見てみたいな」

　昼休みの教室で、そう由梨絵《ゆりえ》が言ったんだ。視線の先にはローズピンク色の筆箱があった。革製《かわ》で、上等そうで、見たことがないタイプ。おそらく外国製じゃないかな。転校生の机の上にそれはあった。

　わたしは窓際の一番後ろの席でその言葉を聞いていた。日当たりの良い席なので、頭がぼんやりとしていたんだ。わたしの前が由梨絵の席で、表情は見えなかった。つややかな長い髪が陽にあたって数本赤く光っていた。髪にも血が通ってるのかなと思ったりした。肩より長い髪は結ぶのが学校の決まりなのだけど、昼休みになると由梨絵はゴムをはずして垂らす。ずっと縛っていると頭痛がするのだそうだ。

この時彩花《あやか》と睦美《むつみ》は立っていた。休み時間はこの四人で過ごすのが決まりだ。

入学式のあと、クラスの女子たちは慎重に仲間を見極め、二週間でおおよそグループは固まった。出身小学校で固まる人もいたけど、新しいスタートを切りたいと思う人もいて、わたしもそのひとりだ。由梨絵は同じ小学校出身だけど、彩花と睦美は違う。由梨絵は背が高くて見るからに素敵で、小学校でも目立っていた。彼女とは一度も同じクラスになったことはない。口をきいたこともなかったけど、彼女のことは知っていたし、知らない人はいない。彼女がいるグループがクラスの中心になることは間違いないことで、それは太陽が東から昇るくらい当然のことだ。小学校時代の取り巻きたちはみんな別のクラスになってしまったので、さすがに由梨絵も心細かったのか、たまたま後ろの席にいたわたしに声をかけてきた。

「髪を結ぶの手伝ってくれる？」

うれしかった。わたしも心細かったから。それから昼休みの終わりに彼女の髪を結ぶのがわたしの役目になった。

素敵な女子の周囲には自然と人が集まるもので、彩花と睦美がすぐに仲間に加わった。みんな五月の遠足までには定位置を見つけたいと思っていたので、ほっとしていた。そこへいきなりの転校生登場だ。

「北海道《ほっかいどう》から来た織田《おだ》さんです」と先生は言った。

とにかく印象的だった。織田パトリシアという名前。そして金髪。背はそんなに高くないけど、顔が小さくてすらりとしていて、肩までの髪はさらさらで、肌の色はもっくんのように白く、瞳は太平洋のようなブルー。前の学校の制服なのか、白いブラウスに紺系のチェック柄のスカート、ベージュのブレザーを着ている。何もかもがわたしたちと違ってた。よいほうに。鞄も筆箱も上履きもよいほうに違っているんだ。彼女にはスター性があった。

でもタイミングが悪過ぎた。グループができたばかりで不安定な時期だから、みんな波紋を嫌い、積極的に声をかける人はいない。織田さんはひとりでいるのを気に病むふうもなく、休み時間は本を読んで過ごしていた。その堂々とした態度はまさにスターの貫禄《かんろく》だ。

元祖スターの由梨絵は彼女をグループに入れたい気持ちと、自分より強い個性を持つ女子を近づけたくない気持ちと半々だったのではないかしら。織田さんが席を立った隙にノートを覗《のぞ》いて「日本語は書けるみたいよ」と言ってみたり、気になってしかたがないみたいだった。

わたしたちのグループに織田さんが入れば素敵女子がふたりとなり、最強だ。ただ、五人という奇数は女子を不安にさせる。由梨絵はわたしと織田さんを取り替えたいのではないか。そうわたしは疑っていた。もう少し早い時期だったら、空気を読んで身を引き、ほかのグループへ移動した。でも時期が悪過ぎる。固まったばかりのグループは変動を嫌うので、入れそうなところは見当たらない。遠足でひとりお弁当を食べる勇気はわたしにはなかった。

そこへ「一本、削ってないやつが入ってる。見てみたいな」だ。彩花と睦美は困ったように笑って顔を見合わせた。由梨絵は後ろにいるわたしを見て、「正実《まさみ》、見てみたくない？」と言った。教室にはわたしたち四人しかいなかった。

なぜあの時わたしは行動してしまったのだろう？

さっと立ち上がり、転校生の机に近づくと、ローズピンクの筆箱の蓋《ふた》を開けた。真っ先に目に飛び込んできたブルーの鉛筆。削ってない新品だ。このことだとすぐにぴんときた。素早く手に取ると蓋を閉め、走り戻って由梨絵の目の前に差し出した。驚くほど機敏に動くことができて、得意げな気持ちだったし、当然受け取ると思ったんだ。「ありがとう」を期待していた。

由梨絵は驚いたような顔をして、首を横に振った。すべすべの髪が揺れて、わたしはシマッタと思った。本気じゃなかったんだ！　チャイムが鳴り、彩花と睦美は逃げるように席に戻った。ほかの女子や男子も教室に入ってきたので、わたしはあわてて鉛筆を自分の鞄に入れた。席に着いて前を見るともう由梨絵の髪はひとつに束ねてあった。わたしの手など要らないと言われたようでショックだった。思えば、ものを盗んだ手だもの。

五時間目は数学だった。好きな教科だけど、全く頭に入らない。「泥棒になってしまった」という思いで、みぞおちがずうんとずうんと、まるで心臓のように鳴り続けた。織田さんを見ることはできなかった。筆箱を開けたあとどういうリアクションをしたのかな。とにかく彼女は「鉛筆がない」と騒いだりはしなかった。

織田さんの席は教室の真ん中だ。転校生がみんなに馴染《なじ》むように、という先生の配慮だけど、彼女に声をかけると目立っちゃう。転校生には後ろの席が似合うと思う。そう、わたしの席が彼女にはお似合いなんだ。日当たりがいいし。綺麗な由梨絵と並ぶのも、このグループにも、彼女のほうが似合う。

放課後はいつも四人で過ごすのだけど、わたしは「用事がある」と言って、先に帰った。「早く返しなよ」と言われるのが嫌だった。だってそんなこと当然だし、わかってることだし。「見たいと言ったのは由梨絵だよね」と言うことはわたしにはできない。

冗談を真に受けたわたしが悪いんだから。

盗んだ鉛筆は帰り道で捨ててしまおうと思ったりもしたけど、罪が深くなるのが怖くて結局持ち帰ってしまった。さっきまでは織田さんの筆箱にそっと戻すという考えが有力だった。でも直樹の歯形が付いたのでもう駄目だ。

川沿いを歩きながら、なぜ盗んでしまったのか、くよくよと考え続けていた。由梨絵に対し「役に立つ自分」をアピールしたかったのかな。ブルーの鉛筆が美しいので、本当に欲しくなったのかな。だとしたら、わたしは率先して泥棒になったことになる。

少し大きな道路に出て、その向こう、横断歩道を渡った先に古びた商店街の入り口が見えた。明日町こんぺいとう商店街だ。

スカイツリーの建設が始まってから、このあたりには新しいお店がたんとできた。なのにこの商店街は消えもせずに残っている。古臭くて、わたしには興味が持てない場所だけど、おかあさんは時々ここへ来るようだ。「あそこには扉があるのよ」と言ってたっけ。「どんな扉?」と尋ねると、「楽になる扉」そんなわけのわからぬことを言ってた。商店街ってきっと大人にとっては懐かしい景色なのだろう。

横断歩道を渡って商店街に入って行くと、意外なことにうっすらと記憶があることに気づいた。来たことがある。いつだろ? 小学校に入ってすぐの頃、かな。おかあさんところで三角定規。そうだ、三角定規。あれを買いに来たんだ。入学時に買い揃えた算数セット。直樹が踵《かかと》で踏んで三角定規が割れたんだ。あの時もおかあさんは「怪我してない？」と真っ先に直樹の心配をした。真新しい三角定規が割れてしまい、わたしは泣いた。大泣きした。泣かないとおかあさんはわたしの悲劇に気づかないからだ。

「すぐに買って」とだだをこねて、おかあさんとここに来たんだ。

商店街の中ほどに小さな文房具屋さんがあって、ああ、まだある。ここで三角定規を買って、向かいのお茶屋さんの店先でソフトクリームを食べた。ああ、こっちはもうない。たしか日本茶の量り売りをしている店で、焙煎機《ばいせんき》みたいなのがあって、それを見ていると目が回るんだ。試飲ができる席があって、そこでソフトクリームを売ってたんだ。あの時おかあさんはお茶だけ飲んでいた。

おかあさんとふたりで過ごす。そんなことができたこともあったんだなあ。すっかり忘れていた。文房具屋さんのすりガラスには日焼けして茶色くなった明日町こんぺいとう商店街マップが今も貼ってある。そのマップにはお茶屋さんがまだ残ってた。今はコインランドリーになっている。立ったままマップを眺めていたら、不思議なお店を見つけた。「あずかりや・さとう」と書いてある。

あずかりやって何だろう？　不思議に思って歩いてゆくと、藍色ののれんが見えてきた。ひらがなで「さとう」と書いてあるからここだ。

古そうな木の家。お店というのは普通、何を売っているのかわかるようになっている。売らないにしても、髪を切るとか、洗濯をするとか、お茶を飲めるとか、そこでできることをわかりやすく看板に描いてあるのが普通だ。

小学二年生の時、社会科のテストで「お店はどういうふうに作られていますか」という問いがあって、わたしは「人が集まるように」と解答してばってんをもらった。正解は「ものを売り買いできるように」ということだった。

法事で東京へ来ていたおばあちゃんは「正実の答えは間違ってない」とわたしの肩を持ってくれた。「美容院だってお店じゃないか。売り買いするだけがお店じゃない」と言ってくれた。「でもそう答えたら、点が取れないのよ」とおかあさんは反論した。

あずかりやさんのガラス戸は開いている。

ちょっとかがむと、のれんの隙間から中が見えた。男の人が店の奥に座っていて、手で紙の束をなでている。紙は大きくて文机からあふれている。男の人は髪が短くて、顔は青白くほっそりとして、ニキビとかなくて清潔そう。目はどこを見ているのか、ほわん、としている。

ぺろりと、ふくらはぎに妙な感触が走った。

「ひゃあ！」

喉《のど》から「誰の声？」と言いたくなるような、自分らしくない声が出た。足元を白いものがすーっと駆け抜けてゆく。猫だ。白い猫。男の人がいる小上がりに跳び上がると、こちらを見て「ふんっ」と鼻を鳴らした。睨むような、感じの悪い青い目だ。毛はぼそぼそしているし、かわいくない。

「いらっしゃいませ」

男の人はこちらを向いた。心が落ち着く低い声。ガラスのように透き通った灰色の瞳がわたしを見てる。その瞳に吸い込まれるように、わたしは自然と靴を脱いで小上がりに上がっていた。お客様用の座布団はふっくらとしていて、座り心地が良い。

男の人は立ち上がり、文机の前からゆっくりと移動した。そしてわたしの前に座ると微笑んだ。

「ご利用は初めてですか」

わたしは頷いたあと、「はい」と声で返事をした。

男の人の目が見えないことに気づいたからだ。なぜかしら、ほっとした。そして正座の足を崩した。すごく崩したわけじゃなくて、少し崩した。見られていることは意外とストレスなんだと気づいた。

店にはその人しかおらず、店主のようだ。

リラックスして店内を見回すと、ガラスケースがあって、大きくて綺麗な宝石箱が飾ってある。その横には古い本が置いてある。『星の王子さま』だ。おばあちゃんが小学校入学のお祝いにくれたっけ。名作みたいだし、いい感じの表紙だけど、ランドセルとかかわいい文房具とか洋服ではなくて本。おばあちゃんには悪いけど、ちょっとがっかりしたのを覚えている。

あの本読んだっけ？　内容を思い出せない。どこにやったっけ？

「おあずかりするものはどちらでしょう？」

店主は優しく微笑んでいる。

わたしは手提げから鉛筆を出して店主の膝の前に置いた。音と気配でわかったようで、店主はそれを手に取ると、「鉛筆ですね」と言った。

「これ、あずかってもらえるんですか」と尋ねると、「はい、もちろんです」と店主は言った。

「いつまであずかってもらえるんですか」

「お客様のご希望の期間あずからせていただきます」

「希望？　何日でも？」

「はい。あずかり賃は一日百円で、料金は前払いです」

百円と聞いてわたしは駅のコインロッカーを思い浮かべた。あれには期間があるのかな。

店主は説明を続けた。

「よく考えて日にちをお決めくださいね。お約束より早く取りにみえてもお金はお返しできません。期日を過ぎても取りにいらっしゃらない場合は、こちらで引き取らせていただくことになります」

引き取る！

よいことを思いついた。あずけて、取りに来なければいいんだ。そうすればこの鉛筆と縁が切れる。捨てることはできなかったけど、あずけたまま忘れてしまうというのは、罪が浅そうで、できそうな気がする。ただ、いろいろと心配なことがあった。

「あずかりものは、ガラスケースに置いておくのですか？」

「いいえ、あずかりものは奥の部屋にしまいます。この本は随分前にあずかり期間を過ぎたのでわたしのものなんです。隣のオルゴールはあずかりものですが、期間が長くて、時々鳴らすのがあずかる条件ですから、特別にここに置いてあります」

「それ、宝石箱じゃなくてオルゴールなんですね」

「はい。宝石は入っていませんよ」

店主の話し方は心地の良いものだった。教師のように上から目線じゃないし、友達のような近さもなくて、おかあさんやおとうさんのような息苦しさもない。店主の声はさらさらと通り過ぎて、まとわりつかない。通りすがりの風景のようなもので、しかもとびきり綺麗な風景なのだ。

わたしはガラスケースに近づいて、オルゴールを見た。自分の鼻息がガラスを曇《くも》らせた。店主には見えないから、恥ずかしくはない。

「鳴らしてみますか?」

店主はガラスケースからオルゴールを出すと、底についているネジを回した。大きな手でぎり、ぎり、ぎりりと巻くと、オルゴールをわたしの前に置き、「蓋を開けてみてください」と言った。

ずっしりとした手応えのある蓋を開けると、細くて軽やかな音が鳴り始めた。はっとするような澄《す》んだ音で、優しいのに、ひとすじの寂しさを感じるメロディだ。おだやかな気持ちになるけど、愉快とまではいかない、そんな感じ。

それまで店主の後ろで座っていたかわいくない白猫は、メロディに合わせて畳の上に背中をこすりつけ、くねくねと転げまわり始めた。その様子があんまりおかしくて、「くくく」と笑いがこみ上げてくる。やがてメロディは鳴り止んだけど、あたたかい余《よ》韻《いん》が残った。

わたしはとても楽な気持ちになって、決心した。ここにあずけると。

あずかり期限は三日にした。もう取りに来ないけど、一日で処分されてしまうのはさすがに気が引けて、手提げに入っていたお財布から三百円を払った。鉛筆一本に三百円も払ったから、罪悪感は消えた。

帰り道、足が軽かった。手提げにブルーの鉛筆がない。たった一本の鉛筆なのに、手提げが軽くなったような気がして、心まで軽くなった。

うちに帰ると、ハンバーグの匂いがした。直樹の好物だ。家出しなくてよかった。わたしも好きだから。ただいまも言わずに自分の部屋へ行き、部屋着に着替えた。家出は初めてではない。ちょくちょくやってるけど、結局その日のうちに帰ってくる。いつか本当に家出するんだ。

本棚を覗いたけど『星の王子さま』はなかった。

食事はおかあさんとふたりだった。直樹は寝てしまったようだ。ラッキー。これでゆっくり食べられる。おとうさんはいつも帰りが遅くて、うちで食事をしない。手のかかる直樹の面倒を見ているおかあさんにものすごく気を遣っていて、自分のことは自分でする。休日もなるべく留守にして、おかあさんの負担を減らそうとしているようだけど、逆効果のような気がわたしにはしている。

「昔おばあちゃんがくれた本、捨てちゃった？」

ご飯を食べながら尋ねると、おかあさんは「『星の王子さま』のこと？」とすぐにわかってくれた。

「あれは直樹の部屋にあるわ」

「直樹の？　どうして？」

「時々読んであげるの。好きなのよ、あの本が」

「直樹にわかるの？」

おかあさんは箸を止めてため息をついた。それから思いつめたような顔をして「わかるわよ」と言った。

面白くない。

「わたしが貰ったのに」と言うと、おかあさんは呆れたような目でこちらを見た。読まなかったくせに文句を言うのはわがままだと言いたいのだろう。

「お姉ちゃんにはわからないかもしれない」

おかあさんはしんみりと言った。わたしはハンバーグのあぶらが喉に詰まったような、苦しい気持ちになった。

「おかあさんも最初はよくわからなかったのよ。あの本は大人でもわかりにくいし、わからない人には一生わからないかもしれない」

「難しい本なの？」

「文章はやさしいの。意味は誰にでもわかるの。でも深いところで理解するのは簡単じゃないってこと」

「難しい本なのになぜ直樹に読んであげようと思ったの？」

おかあさんは箸を止めて微笑んだ。

「直樹が読んでいたのよ」

「自分で？　読めるの？」

「読むと言うより、じっと見てたの。うちでじゃないんだけど」

「よそで？」

おかあさんは頷いた。

「直樹はその本を開いて神妙な顔で見つめてた。まるで読んでいるみたいにね」

わたしは想像してみた。本屋で直樹が『星の王子さま』を読んでいる姿を。

無理無理。本屋で雑誌を破り、スーパーでバナナを千切る。それが直樹だ。店員に頭を下げてお金を払っているおかあさんをわたしは何度も見てきた。

「じっとしてたの？」

「そう。ほんとにびっくりしたわ。直樹がじっとするなんて。同じ本がうちにあるのを思い出して、その日から読んであげることにしたの。直樹がいちいち挿絵で止まるものだから、なかなか先に進まないんだけど、聞いている間は直樹、じっとしているのよ」

「ふうん」

「あなたも読んでみなさいよ。おばあちゃんはあの本をあなたに読んで欲しくて送ってくれたのだから」

「うん」

おばあちゃんがせっかく送ってくれたのに、読まなかったことが悔やまれる。直樹に先に読まれてしまったことも悔やまれる。きっとおばあちゃんはわたしが読んだ感想を待っていただろう。読んだってもう感想を伝えることはできない。今さら読みたくない。

「おばあちゃん、なんで死んじゃったんだろう」

わたしがつぶやくと、おかあさんの目が赤くなった。

わたしはおばあちゃんが好きだけど、おかあさんはもっと好きなはずだ。だって娘なのだから。

おばあちゃんが死んだのは三ヶ月前。子どもの頃から体が弱くて十歳まで生きられないと言われたのに七十まで生きられたのは奇跡だとよく自分で言ってた。

鎌倉のおばあちゃんちでお葬式があったんだけど、わたしはインフルエンザで寝込んでいて、うちでひとりお留守番をしていた。直樹がいないからうちは静かで、でも静かすぎて不安だった。天井を見ながらうつらうつらしていたわたしは、おばあちゃんが幽霊になって看病に来てくれるのを期待したんだけど、とうとう現れなかった。お葬式に行かなかったわたしにとって、おばあちゃんはまだ生きていて、あのうちにいる。海が見えるあの家に今もいるのだ。

鉛筆を盗んでしまったのは、あの鉛筆が太平洋と同じ色をしていたからという気がしてきた。

おかあさんはしんみりとした口調で言った。

「おばあちゃんはお姉ちゃんと直樹の中にいるのよ」

「わたしと直樹の中に？　あんまり顔とか似てないよね」

「ふたりの名前はおばあちゃんが付けてくれたのよ。正実と直樹。おばあちゃんが大切にしてる正直という言葉が入っているでしょう？」

どきっ。

わたしの名前、おばあちゃんが付けたんだ。知らなかったから、「地味で好きじゃない」って、昔おばあちゃんに言っちゃった。

そう言えば、おばあちゃんは正直を大切にしていた。「真実を曲げると世の中がややこしくなる」と言っていた。「まっすぐ、そのままがいい」と言っていた。

「嘘をついたことがないの?」と尋ねると、おばあちゃんは意外にも「あるよ」と言った。

「嘘をつかなきゃいけない時もある。けど、それは自分を守るためではなく、人を守るためにつくんだよ」

おばあちゃんはそう言って微笑んだ。

わたしは再びみぞおちがずうんとした。三百円払ってなくなったはずの罪悪感が復活した。盗んだと白状して返す。それが正直者のすることだ。

その夜はなかなか眠れなかった。朝まで眠れなかったら学校を休もうと思ったけど、明け方すずめの声を聞いたら眠ってしまって、しかたなく学校へ行った。

その日わたしは正直にはなれなかった。正直になるのに、三日かかった。わたしは織田さんにやっとの思いでこう言った。

「ブルーの鉛筆、なくしたよね」

給食を食べ終わって廊下へ出て行った織田さんを追いかけてささやいたのだ。

織田さんは振り返ってわたしを見た。ブルーの瞳。あの鉛筆にふさわしい瞳だ。

「わたしが」と言ったら言葉が詰まった。ここで泣くわけにはいかない。廊下で泣いたりしたら、ことが大きくなって、せっかくできたグループも、これからの学校生活も滅茶苦茶になる。

織田さんはわたしの手首をつかんでいきなり引っ張った。わたしはただ引っ張られて、一緒に歩いた。廊下の行き止まりで織田さんはやっと手を離してくれた。誰もいない。

不思議と泣きたい気分は消えていた。

「どこにあるん？　見せてくれへん？」

織田さんの口から関西弁《かんさいべん》が飛び出した。転校初日の挨拶はどうだったっけ。金髪と青い瞳と関西弁。全然似合わない。それに彼女、北海道から来たって先生は言ってた。

「今は持ってない。でも明日返す。絶対」

「うちに持って帰ったん？」

青い瞳はまっすぐにわたしを見てる。関西弁だからかな、不思議と責められている気がしない。

「あずかりやさんで……」

「あずかりやさんてなんやの？」

「あずかりやさんであずかってもらってる」

「なに言うてるん？　全然わからんし」

織田さんは西洋人のように肩をそびやかした。関西弁で西洋人のゼスチュアはあまりにミスマッチで、お笑い番組を見ているみたいなおかしさがあった。

「商店街にあるお店。今日帰りに寄って、受け取ってくる。明日必ず返すから」

「うちも行く。一緒に行ってええ？」

驚いた。驚いたので「いいよ」と言ってしまった。

「おおきに」織田さんは笑った。

鉛筆を盗んだわたしに織田さんはお礼を言った。わたしが盗んだこと、わかっているのかな。わたし、謝ったっけ？

「ほな、帰りにな」

織田さんはくるっと後ろを向き、はずんだように歩いてゆく。まるで仲良し同士、遊びの相談が成立したみたいな雰囲気だ。

わたしはぽかんとした気分で教室に戻った。由梨絵の髪を彩花が結んであげているところだった。そばで睦美がなにやらしゃべっている。わたしが席に戻ると、三人は話をやめた。鉛筆を盗んでから、気まずくて話せずにいる。仲間はずれとかいじめとか、そういう感じじゃないんだ。互いに空気を読もうとして、ぎこちなくなってしまっている。さてどうやって待ち合わせようか、午後の授業中ずっと考えていたのだけど、よい考えが浮かばなかった。放課後になると織田さんはまっすぐにわたしのところへ来て「帰ろ」と言った。彼女は目立つ。クラスの女子はみんなわたしたちを見ていたと思う。

由梨絵はこちらを見なかった。でも、後ろを意識しているのは感じる。

わたしは黙って織田さんと一緒に教室を出た。仲間にさよならも先に帰るも言わずに。もうグループには戻れないと思った。でも、織田さんのはずんだ足取りに合わせて歩くうちに不安は消えて、さばさばとした気持ちになった。

織田さんはラグビーボールのようにころんとした形の革の鞄を斜めがけにしていた。茶色の鞄で、歩くたびにころころと揺れる。

「ちょっと見たかっただけなんだ」

わたしは歩きながら織田さんに言い訳をした。

「すぐに返すつもりで、なかなか言い出せなくて」

織田さんは黙って歩いている。わたしはまだ言うべきことがあることを思い出した。

「ちょっと傷を付けてしまったんだけど」

「傷？」

織田さんはこちらを見た。ブルーの瞳がきらっと光る。

「弟が齧《かじ》って、歯形が付いてしまったの。ちょっとだけ」

「ちょっとちょっとって口癖？」

「いやその」

「傷が付いたんやね」

織田さんは困ったような顔をした。

「ごめんなさい。あれと同じもの、どこで売ってるのかな。弁償するけど」

「あ、川や！」

織田さんは突然叫んで走り出し、鞄を鉄の柵の向こうへ放った。茶色の素敵な鞄は、川辺の草っ原をころんころんと転がってゆく。このままだと川に落ちる。

「あかん！」

織田さんは柵に両手をかけると、えいっと、まるでオリンピックの男子体操競技の何だっけ、そう、鞍馬《あんば》の技のように柵を軽々と跳び越え、川辺に下りて鞄を追いかけた。やっと拾うと「セーフ！」と笑いながらこちらを見る。

「入ったらまずいよ」

「え？　ほんま？」

織田さんはきょろきょろとあたりを窺った。

「書いてないやん。禁止とか」笑って手招きをしている。

柵の向こうは入ってはいけないものだとわたしは思っていた。入ろうと思ったこともない。でも織田さんがあまりにもあっけなく跳び越えたので、わたしも乗り越えてみようと思った。彼女のようにはいかないけど、足をかけたら簡単だった。

川が近くに流れて、水の音がいつもよりもしっかりと聞こえた。初めは不安があったけど、柵のあっち側の、正しく道を歩いている人たちは、誰もわたしたちを気にかけず、見えてもいないようだ。わたしはだんだん楽しくなり、織田さんとくすくす笑いながら歩いた。

「その鞄、いいね」と言うと、織田さんは「取り替えよか」と言った。わたしがびっくりしていると、「あずかりやさんに行くまでや」と織田さんは笑った。

織田さんの鞄を肩にかけると、ころころした部分が骨盤に当たって、安定しない。斜めがけにすると、少しは落ち着いた。

「持ちにくいやろ」と織田さんは言った。

「山下《やました》さんの鞄はええな」

わたしの鞄を褒めるなんて。みんなが持っている紺の合成皮革《ごうせいひかく》の鞄だ。でもほんと、彼女が持つと素敵な鞄に見えるから不思議だ。

柵を乗り越えたり、昼休みにひとりでいたり、髪は金色だし、織田さんは何もかもが特別だ。

「これは何やの？」

織田さんはわたしの鞄の持ち手にぶらさがってる小さな袋を手にした。

「それはお守り」

「どこで買《こ》うたん？」

「売ってないよ。おばあちゃんのお手製だから」

古い着物で作ってくれたお守りで、しずくのような形をしている。絹で、濃い紫色の地に小さな白い花びらが散っている。小学校に入る前にもらったんだけど、ランドセルにつけるのが恥ずかしくて、ずっとうちの机の中にしまったままだった。おばあちゃんが死んだ後、思い出してつけるようになった。

織田さんはわたしからころころ鞄を取り上げると、草の上に中身を広げた。教科書やノートのほか、素敵な筆箱や刺繍《ししゅう》入りのハンカチ、真っ赤な手帳、銀色の折りたたみの櫛《くし》、チェック柄の布カバーが付いた文庫本があった。

「欲しいもんある?」と織田さんは真剣な顔で言った。

くれるのだろうか。どれも素敵すぎて目移りしてしまう。手が出せずにいると、織田さんは「これはどうや?」と、筆箱を手に取ってわたしのほうに差し出した。

ローズピンクで、革製。花模様が入っている。こんな高価なものを持ち帰ったらおかあさんに怒られる。

織田さんは真面目な顔で「お守りと取り替えっこせえへん?」と言った。

わたしは首を横に振った。

「あかん?」

青い瞳がわたしの顔を覗き込んだ。おばあちゃんちから見える海と同じブルーだ。ちゃんと見えているのだろうか。ガラスみたい。見る角度によって色の深さが違って見えるところも、海みたいだ。青い瞳を見ているうちに、青い鉛筆を盗んだことを思い出した。

わたしは自分の鞄からお守りを外すと、織田さんの持ち物が散らばっているところに置いた。

「取り替えっこはしない。あげる」

織田さんはびっくりしたような顔をした。

「もろて、ええの？」

「うん」

「おおきに」

織田さんは大切そうに手に取った。あまり好きじゃなかったお守り袋なのに、織田さんの手に渡ると急に大切なものに思えて寂しい気持ちになった。

「織田さんは北海道から来たのに、どうして関西弁なの？」

「北海道いうても小樽《おたる》に一ヶ月いただけや。少ししかいいひんかったよって、よう話されへん。標準語は話せるよ」と急に標準語になった。「山形弁《やまがた》も、博多弁《はかた》も、フランス語も話せる」と標準語で話した。

「すごいね」と感心すると「得意芸や」と関西弁に戻った。

「やっぱり関西弁がいいね」

「そやろ」織田さんは笑った。

「どこへ行っても関西弁が通りがええねん」と大人びた話し方をした。

「そろそろ行こか」

織田さんは鞄に自分の持ちものを戻した。あげたお守りも一緒にしまった。そして自分で持った。取り替えっこは終了。素敵なものたちが目の前から消えて、寂しいけれどほっとした。

あずかりやさんに着くと、店主は三日前と変わらず文机で点字本を読んでいた。すぐにこちらに気づいて「いらっしゃいませ」と微笑んだ。

「三日前に鉛筆をあずけたんですけど」とわたしは言った。

すると店主は「織田さんですね」と言った。

わたしはびっくりした。織田さんもびっくりしていた。

店主は「今あずかりものを取ってきますので、上がってお待ちください。おふたりともどうぞ」と言って奥へ消えた。

織田さんは不安そうにわたしを見る。

「なんでうちのことわかったんやろ。ここに来るん初めてやで」

わたしは言葉に詰まった。店主は織田さんを知ってるんじゃない。わたしを「織田さん」と言ったのだ。すっかり忘れていた。三日前、店主に名前を聞かれて咄嗟に「織田です」って言っちゃったんだ。盗んだ罪悪感があったから、本当の名前を言うのが怖かったんだ。どうしようどうしよう。

「あれ、点字本やんか。目ぇ見えへんのやな。見えへんのに、ふたりってこともわかってはったし、魔法使いみたいやな」

織田さんは面白がっているようで、にやにや笑っている。名前を使ってしまったことは黙っていよう。ふたりってことは足音でわかるんじゃないかと思ったけど、「魔法じゃなくて超能力じゃないかなあ」と言っておく。どんどん嘘つきになってゆく。

先に織田さんが靴を脱いで上がった。わたしもそれに続いた。今日は白猫がいない。ガラスケースにはオルゴールと『星の王子さま』が変わらずに並んで置かれている。わたしは話題を変えようと思った。

「昔あれと同じ本をおばあちゃんに貰ったんだけど、弟に取られちゃったんだよね。結局読めなかったんだ」

織田さんは「ふうん」と言いながらガラスケースを見た。

店主は戻ってきた。わたしたちの前に座ると、ブルーの鉛筆を差し出して、「こちらですね」と言った。横から織田さんが手を伸ばして鉛筆を取った。握りしめてまじまじと見つめている。大切なものなのだろう、噛みつきそうな顔で見つめている。誰かからプレゼントされたものかも。大切だから削らずにいたのかもしれない。それを盗んだわたし。

とにかく無事返すことができた。歯形のことも謝ることができたし、明日からの学校は憂鬱だけれども、この鉛筆に関しては済んだと考えていいような気がした。

「帰ろう」と言うと、織田さんは店主に言った。

「うちもあずけてええですか」

「はいもちろんです」

いったい何をあずけるのだろうと思って見ていると、織田さんは握っていた鉛筆を店主のてのひらへ戻した。

「これあずかってください」

驚いた。どうして？　なぜやっと取り戻した鉛筆をここへあずけなくちゃいけないの？

「一日百円になりますが」と店主は言った。

織田さんの鞄にお財布はなかった。そもそも学校へお金を持ってくることは禁じられている。

「お金は明日でええですか。期間は明日決めます」と織田さんは言った。

店主は承諾し、織田さんに名前を尋ねた。

わたしはひやりとした。織田さんはあれっという顔をした。知っているのに、なぜ聞くのだろうと首を傾げている。わたしは織田さんの耳元でささやいた。

「あずける時に名前を確認するんだよ。手続きだから」

織田さんは大きな声で「織田パトリシア！」と言った。

店主は眉一つ動かさず「ではおあずかりします」と言った。姉妹と思ったのかもしれない。店主には織田さんの金髪も青い瞳も見えない。わたしと織田さんが姉妹であっても不思議ではないのだ。

こうしてブルーの鉛筆は再びあずかりやさんに置かれることになった。

商店街の道をわたしと織田さんは無言で歩いた。

鉛筆を返すために連れてきたのに、これで終わると思ったのに、またあずけるなんて意味がわからないし、もやもやしていた。盗んだのはわたしだし、それはいけないことだけど、わたしは不愉快で、ちょっと怒っていた。

曲がり角までくるとわたしは「家、こっちだから」と言った。

織田さんは立ち止まった。何か言いたそうな顔でこちらを見る。わたしが織田さんの名前を使ったこと、ばれちゃっただろうか。胸がどきどきして、ちょっと吐き気がしてきた。

織田さんは神妙な顔で言った。

「あの鉛筆、うちが盗んだんや」

胸のどきどきが止まり、心臓が止まったかと思うくらい驚いた。

「誰から？　いつ？」

「山下さんの前の席の子」

つややかな長い髪が頭に浮かんだ。

「由梨絵？」

「名前は知らん」

織田さんはわたしの顔をじっと見た。「うちは言うた。ほんまのこと言うた」とその目が言っているような気がした。「あんたは言わんの？　うちの名前使《つこ》たと言わんの？」とその目は迫ってくる。

織田さんはくるっと後ろを向き、走って行ってしまった。

あれは由梨絵の鉛筆？

どういうこと？

織田さんはわたしの嘘に気がついてた？

全くわからない。

耳の奥でピーッと音がした。それから頭が痛くなった。じくじく痛くて、がんがんに変わっていった。

その夜、熱を出した。おかあさんがおでこに載せてくれた冷たいおしぼりはすぐにぬるくなった。翌日には熱は引いたけど、咳《せき》が残った。食欲は全然なかった。「大事をとりましょう」とおかあさんは言い、わたしは学校を休んだ。直樹がうるさいのでうちにいても休まらないけど、しかたない。そのうち連休が始まってしまい、学校に戻ったのは二週間後だ。

由梨絵は「大丈夫？　心配したよ」と優しく声をかけてくれた。ノートをコピーしておいてくれたし、彩花も睦美も「風邪長引いたね」と優しかった。

「遠足の班、勝手に同じにしておいた」と由梨絵は微笑んだ。

わたしはグループにあたたかく迎え入れられ、ほっとしたかというと、それどころじゃなかった。

教室の真ん中の席が空いていた。織田さんが転校してしまっていたのだ。わたしが学校に戻る二日前のことだったらしい。

ふたりの時に由梨絵は「謝らなきゃいけないことがある」と言った。

「従姉妹がくれた鉛筆をなくしちゃったのよ。チェコ製のかわいい鉛筆。織田さんの筆箱にあった鉛筆がそれと似てる気がして、気になっちゃってさ。確かめたくて、正実にあんなことをさせちゃったの。ごめん。違ってたら織田さんに悪いし、途中で怖くなって、あの時受け取れなかった。謝らなきゃって思ってるうちに、正実がお休みしちゃったから、ずっと気にかかってて」

「そうだったんだ」

「鉛筆見つかったんだ。後ろの落とし物箱に入ってた。ちょっと傷ついちゃってたけど。だからほんと、わたしの勘違い。あれ、織田さんに返しておいてくれたよね？」

「うん。返しておいた」

「そっか、ありがとう」

由梨絵は筆箱を開いた。ブルーの鉛筆はちゃんとあって、削られていた。

「もったいなくて削れなかったんだけど、使わないともっともったいないから削った」

由梨絵は手に取って笑った。

鉛筆のお尻に小さな歯形があった。けどもう、全然ベツモノにわたしには見えた。

放課後、あずかりやさんへ行ってみた。店主は接客中だった。お客さんがいることに驚いた。お客さんがいないとお店は成り立たないから当たり前なんだけど驚いた。

おかあさんくらいの年齢の女性が、白い布で包まれたものを大事そうに抱えて出て行った。骨壺に見えた。そんなものまであずかるんだとびっくりした。

「こんにちは」と言うと、店主は声でわかるのか、「織田さんですね」と言った。

わたしは自分の嘘の痕跡に気が滅入った。

「織田じゃないんです。わたし、本当は山下正実というんです」

店主はしばらく黙っていた。そして何か腑に落ちたような、そんなふうにこくんと頷いた。

「お待ちしていたんですよ。織田さんから山下さんにと、おあずかりしたものがあるのです」

「え？」

「山下正実さんが来たら渡して欲しいとおっしゃっていたので」

「わたしに？」

「はい。今取って参りますので、お待ちください」

店主は奥へ消えた。

わたしは「きっとおばあちゃんのお守り袋だ」と思った。

正直が好きだったおばあちゃん。正直に名乗ったから、おばあちゃんのお守り袋が戻ってくる。たぶんそう。おばあちゃんはもういない。残してくれたものは大切にしたい。あげたのを後悔していたのでほっとした。

靴を脱いで座布団に座って店主を待つ。ガラスケースには相変わらずオルゴールと

『星の王子さま』がある。ちょっとめくってみたい衝動にかられた。

手を伸ばそうとしたら、太ももの上にずしっと重みを感じた。猫だ。例の白猫がわたしの太ももを踏み越えて通り過ぎた。小さな肉球に猫の体重がかかって、それなりに痛い。頭にきて「シッ」と追い払った。

「社長が何か失礼をしましたか」

店主が奥から出てきてわたしの前に座った。

「社長？」

「猫の名前です」

にくたらしい猫は店主の膝の上に乗り、丸くなった。態度がでかいのは名前のせいかもしれない。名前の影響は大きいと思う。わたしは正しく実ると書くけど、自分が正しく育つかどうか自信がない。この名前はおばあちゃんがわたしに出した宿題だ。

「こちらがあずかりものです」

店主が手に持っていたのはお守りではなく、チェックの布カバーが付いた文庫本だった。

「織田さん、これをわたしに？」

「はい」

文庫本を開くと、外国語だ。へんてこな挿絵が入っている。意味不明。なんだかがっかり。

織田さんはおばあちゃんの形見を持って消えてしまった。わたしがあげたのだから、戻ってこなくてもしかたないんだけど。

鉛筆を盗んだことから始まって、わたしは後悔ばかりしている。行動する時に「これは後悔します」と教えてくれるブザーがあればいいのに。

「織田さんはいくら払ったんですか？　わたしがここにまた来るって、わからないのに。あずかり期間は何日だったんですか？」

店主は微笑んで、顔を横に振った。守秘義務があるのだろう。彼女のことだから、「明日払います」と言って、そのまま置いていってしまったかもしれない。店主はいい人そうだから、ただであずかってくれたのかもしれない。

この店主は甘えていい大人という気がする。甘えたまま忘れてしまっても気にしないだろうという気がする。

帰ろう。

「さようなら」と小声でつぶやくと、店主は耳が良いのだろう、ちゃんと聞き取って「お気をつけて」と言ってくれた。

また、盗んだ。

今度はジッポーのライター。彼は煙草《たばこ》を吸わない。これは彼のおとうさんの遺品で、つや消しのシルバー、Kとイニシャルが刻まれている。

「ジッポーは火力が安定していて、少々の風では消えないんだ」と炎を見せてくれたり、「キャンプで便利だよ」と自慢するけど、彼はキャンプなんてしない。ただ、持っているだけで安心する、お守りみたいなものなのだろう。

それを盗んだ。

彼のことをしみじみと好きだな、と思ったし、でもたぶん長くは続かないな、と思ったら、「手元に残しておかなくては」と強く思ってしまい、自分のポケットに入れてしまった。彼が帰ったあと家でひとりライターの炎を見ていたら、後悔より満足のほうが大きかった。

ふとあの転校生を思い出した。金髪で青い瞳の女の子。名前、なんだっけ。変わった名前の子。あの子の気持ちが今わかった。転校ばかりしていたようだし、不安がいっぱいだっただろう。好きな人のものをひとつ持っていれば、次に進める。それを持っていれば、そこにいた思い出も自分も消えずに残る。そう思って、学校で一番綺麗な由梨絵の鉛筆を盗んだのだ。

あれから二十年が経った。由梨絵の名前は思い出せるのに、転校生の名前は思い出せない。少ししかいなかったから、風のような存在だ。

あの子はおそらく行く先々でものを盗んでいたのだ。素敵な筆箱も、鞄も、全部取ったものなんだ。わたしがお守りをあげたから、由梨絵の鉛筆は要らなくなって、落とし物箱にそっと入れておいたのだろう。

今わたしは鎌倉に住んでいる。

海の見えるファミレスで雇われ店長として働きながら、おばあちゃんが住んでいた築六十年のうちにひとりで暮らしている。庭には冬実さんがいて、空にはもっくんがいる。おばあちゃんが名付けたものはあるのに、おばあちゃんはいない。

住んでみると、太平洋の色はそんなに単純じゃない。緑っぽかったり、水色っぽかったり、灰色の時もある。子どもの頃遊びに来た時はいつも美しいブルーに見えていたのに。あれは記憶違いだったのだろうか。

この二十年、うちの家族にはいろいろあった。

まず、おとうさんが出て行った。わたしが高校生の時だ。おかあさんが直樹ばかり面倒見るので寂しかったのだろう。

おかあさんは働くために直樹を施設に入れた。でも休日は必ず会いに行き、相変わらず直樹にかかりきりだった。わたしは高校を卒業するとうちを出て、おばあちゃんちで暮らすことにした。アルバイトを転々として、十年前から今のファミレスに落ち着いた。

正直、直樹から逃げた。おとうさんと同じだ。直樹は十八になれば施設を出る。そしてうちに帰ってくる。その前に家を出たかった。

お姉ちゃんをやめたら楽になると思っていたけど、本当に楽になった。そして、楽というのがそう楽しいものではないことにも気づいた。わりとすぐに、一ヶ月くらいで気づいた。最初の一ヶ月はせいせいしたんだけど、そのあとすーすーし始めた。漢字に騙されたって思った。楽と楽しいは全然違う。漢字も変えるべきじゃないかと思う。すーすーするから落ち着かなくて、いろんな男の人とつきあったけど、長続きはしなかった。今の彼はファミレスの野菜の仕入先の農家の次男だ。次男のくせに家業を継いだ。長男は東京でサラリーマンをしているらしい。

彼からメールだ。

「ライターないんだけど、君んちに忘れてきたかな」

わたしは炎を見ながら少し時間を置いてメールを返した。

「見当たらないけど、捜しておくね」

おかあさんと直樹がファミレスにやってきた。

月一回、おかあさんは直樹とこのファミレスにランチを食べに来る。わたしはこの日を楽しみにしている。時々家族をやるのは楽なのだ。

職場のみんなもわかってくれていて、この時ばかりは私服でわたしもランチに参加する。売り上げに貢献するために一番高いものを注文する。直樹は相変わらずハンバーグだけど。

最近お腹が出てきたのを気にしているおかあさんは、ヘルシーグルメランチを食べながら微笑んだ。

「ここのお野菜はいつもおいしいわ」

「地場野菜を使っているのよ。全国チェーンだけど、野菜だけはその土地のものをというのが、本社の考えだから」

「ファミレスも捨てたものじゃないわね」

「勝手に捨てないでよ」

おかあさんは教員免許を持っているので、離婚したあとすんなり児童館に職を得た。

「お姉ちゃんも大学へ行ったほうがいいわよ」としつこく勧められたけど、わたしは勉強が好きではなかったし、少しでも早く家を出たかった。お姉ちゃんをやめたかったのだ。おかあさんは今もわたしを「お姉ちゃん」と呼ぶ。直樹のように名前で呼ばれたかった。

おかあさんはきれいに食べ終えると言った。

「西澤《にしざわ》さん、結婚して仕事を辞めるんですって」

西澤さんというのは通いのヘルパーさんで、介護士の資格を持っている。おかあさんが働いている間、家へ通って直樹の面倒を見てくれている。わたしは会ったことがない。いい人とは聞いていたけど、結婚なんて、驚いた。西澤さんは孫もいるしたしかもう還《かん》暦《れき》を過ぎている。旦那さんが早くに亡くなって自由な時間があるから融通《ゆうずう》がきくらしく、頼りになるという話だった。

「熟年結婚かあ。どんなお相手？」

「句《く》会《かい》で知り合ったんですって。恋愛結婚らしいわ」

「今どき結婚で仕事を辞めるなんて。女性の社会参加に理解がないおじいちゃんなのかな」

「介護が必要なかたらしいのよ」

「……そうなんだ」

よく「苦労した人ほど人の気持ちがわかる」と言うけど、そうでもないんだ。わたしなんて、「苦労したのは自分だけ」って思いがちなんだ。

「何かお祝いしなくちゃと思ってね」

おかあさんはうれしそうだけど、わたしは心配だ。

「西澤さんの代わりの人は見つかるの？」

「無理よ。あんなにいい人はいないわ。いい機会だと思うの。もうヘルパーさんは頼まないでやっていくつもり」

「たいへんじゃない？」

直樹は話が耳に入らないのか、ハンバーグに夢中だ。

子どもの頃は直樹と一緒に外食なんて考えられなかった。だからわたしはずっとファミレスの存在に憧れの気持ちがあったし、ここで働くのは夢の穴埋めみたいなところがあった。働き始めてすぐにおかあさんが直樹を連れてくると言った時は「勘弁してくれ」と思ったけど、直樹は思いのほか静かに食事ができるようになっていた。

「大丈夫よ。退職したら手があくし、直樹もしっかりしてきたし」

退職という言葉がおかあさんの口から出て、わたしは少し動揺した。もうそういう歳なんだ。

「わたしが元気なうちに直樹のこれからの道を準備しておこうと思ってね」

顔がこわばるのが自分でもわかった。

「こっちのことは気にしないで。あなたはここでがんばればいいの」

おかあさんはわたしを気遣うように話を変えた。

「そうそう、この間うちを整理していたらこんなものが出てきたんだけど、あなたのじゃない?」

おかあさんは手提げをごそごそやって、「これこれ」と言いながらテーブルに置いた。チェック柄の布カバーが付いた文庫本だ。

転校生がわたしのためにあずかりやさんにあずけた本。

懐かしくなって手に取り、パラパラとページをめくった。結局読まなかったのだ。もらってすぐに読もうとしたんだけど、英語じゃなくてフランス語とわかって、あきらめたのを覚えている。

おかあさんはグラスの水を飲みながら言った。

「あなたも天邪鬼《あまのじゃく》ねえ、おばあちゃんがくれた本を読まないで、わざわざ原文で読むんだから」

はっとして布カバーをはずしてみると、『Le Petit Prince』と書いてある。そして記憶にある本と同じ、王子さまのイラスト！

これ、『星の王子さま』だったの？

思い出した。あずかりやさんのガラスケースを見ながら転校生に打ち明けたんだ。『星の王子さま』を弟に取られちゃった話。

だから彼女、わたしにこの本をくれたの？

金髪で青い瞳。顔ははっきりと思い出せないし、名前も忘れちゃった。彼女は今どこで、どんな人生を送っているのだろうか。

「おかあさん、わたし、この本読んでないの」

「そうなの？」

「だってフランス語だし。これが『星の王子さま』ってことも気づかなかった。こんな妙な挿絵が入ってるんだもの」

するとおかあさんは呆れたような目をした。

「あなた、おばあちゃんにもらった『星の王子さま』を開くこともしなかったのね。この挿絵を見ればわかるじゃないの。同じ本だって」

「何これ、帽子の絵？」

「象をのみ込んだうわばみだよ」

いきなり直樹がしゃべった。

「レオン・ウェルトに。わたしはこの本をあるおとなの人にささげたが」

直樹はしゃべり続けた。お皿はきれいになっており、ナイフとフォークはきちんと揃えて置いてある。

「どうしたの？　直樹。何をしゃべってるの？」

「始まっちゃったわ。長いわよ。物語の最後まで暗唱《あんしょう》するから」

おかあさんは苦笑いをした。

直樹は周囲に迷惑をかけない程度の小さな声で『星の王子さま』を暗唱し始めた。わたしは読んでないので合っているかどうかわからない。全部合っているとしたら、記憶力がすごい。

「おかあさんが読み聞かせたものが、体にしみついているんだね」と言うと、おかあさんはくすぐったそうな顔をした。

「直樹が自分で選んだ本だから。好きなのよこの話が」

「そうか、本屋さんでいつも商品を破っちゃう直樹が、この『星の王子さま』だけはおとなしく手に取ったんだったっけ」

おかあさんは首を横に振った。

「本屋さんではないの。実はちょっとだけよそに直樹をあずけたことがあってね。迎えに行った時に直樹がこの本を手にしていたのよ。騒ぐこともなくじっとこの本を見ていたの。まるで読んでいるみたいに。一瞬、普通の子になったと思った」

おかあさんは「普通」という言葉を使った。わたしが使うといつも怒られた普通という言葉。

「でも違ってたの。そばでね、音読してくれている人がいて。直樹は挿絵に見入ってしまってページをめくらないんだけど、その人は物語を覚えているのね、ずっと静かに音読してくれていたの。その時おかあさん、直樹のことを普通の子だったらって願ってた自分の心に気づいて驚いたわ」

「普通がいいって思うのはしかたないよ」

「普通ってあるのかしらね。わたしって普通かしら？　お姉ちゃん、あなたは普通？」

わたしは黙って水を飲んだ。わたしは自分を知っている。普通じゃない。泥棒だ。

「お姉ちゃんはお姉ちゃんだし、直樹は直樹なのよ。本を選ぶことができるし、こうして暗唱することができる。わたしにもお姉ちゃんにもできないことが直樹にはできるの」

「おかあさん」

「お姉ちゃんは知らないけど、直樹をあずけたのは一度じゃないの。おかあさんは何度か直樹をあずけて楽をしていたの。どうしようもなく疲れた時にね」

おかあさんは窓の外を見た。海が見えている。

わたしの目に海は入ってこなくて、頭の中にあずかりやさんの店内の光景が広がっていた。

あの小上がりの畳の上で、小さな直樹が『星の王子さま』を見ている。そばであの優しい店主が音読してくれている。ふっと浮かんだただの思いつきだし、違っているかもしれないけど、その光景は本当にあったことのように頭に浮かんだ。

続けて頭に浮かんだのは、お茶屋さんのソフトクリームだ。

ひんやりとして甘く、おいしかったんだ。その後どこで食べてもあんなにおいしい味にはめぐり合えない。おかあさんとふたりきりの楽しい時間。微笑んでいるおかあさんの顔。おかあさんは何も食べずにしきりにお茶を飲んでいたっけ。

あずかりやさんとお茶屋さん。ふたつの光景がつながった。

大事な直樹を百円であずけて、おかあさんはわたしにソフトクリームを食べさせてくれたんじゃないだろうか。三角定規を割られて泣き叫ぶわたしに、甘くて優しい時間をくれたんじゃないだろうか。

ごめん。わたしったら子どもで、何もわかってなくてごめんなさい。

昔おかあさんは「明日町こんぺいとう商店街には楽になる扉がある」と言っていたっけ。その扉ってきっとあずかりやさんだったんだ。

よかった。おかあさんにそんな扉があってよかった。

直樹はあのオルゴールを聞かせてもらったことがあるだろうか。あのメロディは優しくて寂しかった。なんという曲なのだろう。口ずさむこともできないほど忘れてしまった。でも聞けば思い出す。暗唱が終わったら、オルゴールの曲のことを直樹に尋ねてみよう。もし聞いたとしたら、直樹は覚えている。そして口ずさんでくれる。そんな気がする。

おかあさんは「喉が渇いたわね」と言ってドリンクバーに飲み物を取りに行った。

直樹は暗唱し続けている。無《ぶ》精《しょう》髭《ひげ》が生えた三十歳の少年。色が白くて目が大きい。その静かなたたずまいは、どこかあずかりやさんに似ている。

子どもの頃はとてもよく動く子だった。バッタみたい、とよその子に言われて、おかあさんは腹を立てていた。わたしは恥ずかしかった。弟がバッタなのが恥ずかしかった。

今はとても静かな直樹。たっぷりの時間をかけて変化している。

わたしは変化したかな。わたしが泥棒だと知ったら、直樹は恥ずかしく思うだろうか。

おばあちゃんがくれた正直の宿題は手つかずのままだ。

「直樹」

直樹は暗唱し続けている。隣の席の家族が直樹の声に気づいて不審そうにちらちらとこちらを見ている。

「お姉ちゃんと一緒に暮らさない？」

直樹は一心不乱だ。

「海が見える家だよ。ここから見えるのと同じ太平洋。おかあさんも一緒にさ」

直樹は暗唱に余念がない。

「お姉ちゃんに毎日『星の王子さま』を聞かせてよ」

「ハンバーグはここで毎日食べられるし」

「直樹が働けそうな作業所があるか、調べてみるよ。きっとあると思う」

「図書館も近いしね。冬実さんの蜜柑も食べられるよ」

「今度の母の日にふたりで何かしようか。そろそろおかあさんも休ませてあげなくちゃね」

わたしは語りかけ続けた。自分らしくない優しい言葉ばかり並べているけど、これって嘘なのかな。わたしの中にもともとあった言葉のような気もする。わたし、実行するかな。おばあちゃん、どう思う？

ふいに頭の中にあのオルゴールのメロディが蘇り、白い猫が転げまわる姿が浮かんだ。

「そうだ、猫も飼おうか。白い猫がいいかな」

突然、直樹は「社長」と言った。それからわたしの目を見て「太平洋は好き」と言った。そして「レオン・ウェルトに」と冒頭へ戻った。

一回ドキンと胸が高鳴り、急に目の前がぼやけた。

直樹はもうすっかり暗唱に夢中だ。

ドリンクバーで格闘していたおかあさんは右手に直樹が好きなコーラ、左手にわたしが好きなソフトクリームを持って、こちらに向かって歩いてくる。

どうしてこう、子どものことしか頭にないのかな。わたしも直樹ももう大人なのに。

うちの店のソフトクリームはそんなにおいしくはないけど、おかあさんが持ってきてくれたから、あの時の味がするかもしれない。

わたしは携帯でメールを打った。

「ライター、ありました」

窓の外を見ると、太平洋は美しいブルーだった。

夢見心地

わたしをこしらえたのはゼムスというオルゴール職人です。

大柄な男でした。手の甲にはみっしりと黒く硬い毛が生えており、顔には顎《あご》から耳にかけてふっさふさの髭を生やして、熊に似た風貌の男ですが、たいそう繊細な仕事をします。

彼のおじいさんは生粋《きっすい》の時計職人でした。おとうさんも時計職人でしたが、途中でオルゴール職人に転向しました。ゼムスは生まれた時からオルゴールに囲まれており、七歳でもうおとうさんの仕事を手伝っていたという話です。

わたしを作ったのはゼムスが三十五歳の時で、それはもうもう、とてつもなく丁寧な仕事でした。

まずは真鍮《しんちゅう》でシリンダーを作ります。ぴかぴかとしてつるつるとして筒の形をしています。ゼムスはそれまでにもたくさんのシリンダーを作ってきましたし、ひと抱えもある大きなものを扱ったこともあるそうですが、この時作ったのは、当時としては小さめのシリンダーでした。ゼムスの大きなてのひらにすっぽりと入ってしまうくらいの大きさです。

そのシリンダーに小さな穴をいくつも開けてゆきます。これはメロディを記憶させる作業です。穴の位置でメロディが決まります。

白い紙に踊る音符を睨みながら、穴の位置を慎重に決めました。すべての穴を開け終わると、今度は鋼鉄製の細い針金を短くカットします。ピンをこしらえるのです。穴の数だけピンをこしらえると、鼻息で飛んでしまいそうなそれをシリンダーの穴にひとつひとつ埋めてゆきます。気の遠くなるような作業ですが、大きな体を丸めて、手の指に神経を集中させ、こなしてゆきました。これでシリンダー部分は完成です。

シリンダーのピンにはじかれて美しい音を生むコーム（櫛歯《くしば》）は、作って試して作って試してを何回繰り返したことでしょう。ゼムスが一番苦労したのはこのコーム作りでした。シリンダーに合わせて五十の歯、つまり五十の音階があるコームで、ようやく気に入った響きに到達すると、仕上げに研磨《けんま》を丹念に行い、音階を調律《ちょうりつ》してゆきました。

さらには、ゼンマイ。鋼《はがね》で作ります。ゼンマイの力をコントロールするガバナー。それらを組み込む土台も金属で作ります。これが音源となるのです。ムーブメントとも呼ばれます。

ゼムスは自分が納得できるまで、朝から晩まで、わたしを作り続けました。

「いい加減にしないか」とおとうさんに注意されても、耳を貸そうとしませんでした。ゼムスの手は喜びにあふれていましたし、技術は確かなもので、何よりも心がしっかりとしていて、目指すところが見えているようでした。

随分とあとになってわたしは気づいたのですが、見えない目標に向かって試行錯誤するのが芸術家で、見えている目標に向かって試行錯誤するのが職人なのではないでしょうか。どちらにしたって試行錯誤は免《まぬか》れませんが、ゼムスは生粋の職人でした。

音源が出来上がると、それを内蔵して音を響かせる木箱もゼムスがこしらえました。木箱はその材質や大きさ、板の厚みすら響きに影響するのでたいへん重要です。普通は木工職人がやるのですが、ゼムスは時間をかけてひとりでやってのけたのです。木箱に音源を設置すると、音源を守るようにガラスの蓋をはめました。木箱の蓋を開けると、ガラス越しに音源が見える仕組みです。

理想のわたしが出来上がった時の、ゼムスの得意そうな顔。熊が笑ったんですよ。百二十年経った今もあの時のゼムスの笑顔は忘れられません。

わたしは今、異国の小さなお店のガラスケースに収まっています。ここにたどり着くまでにはいろいろありました。船で延々と揺られたり、気が遠くなるほどの時間放置されたり、空を飛んだり、男の子に放り投げられたりと、辛いこともたくさんありましたが、へこたれずにやってこられたのは、あのゼムスの笑顔によるところが大きいと思います。

わたしの誕生をあれほど喜んだ男がこの世にひとりはいた。その記憶がどんな時もわたしを支えてくれたのです。

ゼムスは出来上がったわたしを大切そうに抱えて工房を出ると、同じ敷地内にある石《いし》造《づく》りの家に駆け込みました。そこにはベッドで横になっている女の人がいました。第一印象は「顔色がよくない人」です。ゼムスの奥さんでした。

ゼムスが黙ってわたしを差し出すと、奥さんは目を大きく開けて上半身を起こしました。

「まあ、ゼムス！　これをわたしに？　まあ、ゼムス！　ゼムスったら！」

その時初めて、わたしは自分を作った人間がゼムスという名だと知りました。奥さんが連呼したので記憶にこびりつきました。

奥さんの声は喜びにあふれていて、思いのほかしっかりとしていました。瞳は灰色にも緑色にも見え、生き生きとしていました。白い二本の手でわたしを受け取った時、そのあまりの冷たさに、わたしはひやりとしました。ゼムスの手はあたたかかったので、その落差に驚きました。

奥さんはわたしをじっと見つめます。それまで顔色が悪かった奥さんの頬はほんのりと紅潮し、随分と綺麗な人なんだとこの時気づきました。痩せているのにお腹だけ大きいのです。奥さんのお腹には赤ちゃんがいるのでした。

ゼムスは奥さんのベッドの脇に木の台を置きました。奥さんはそこにわたしを載せました。それはオルゴールが最高に良い音を響かせるための共鳴台《きょうめいだい》なのです。

「蓋を開けてごらん」

ゼムスはいそいそと言い、奥さんは冷たい両手でそうっとわたしを開けました。すぐに歌い始めました。ゼンマイはしっかり巻かれてあったし、もうもう、うれしくって歌わずにはいられませんでした。生まれた喜びに満ちあふれていました。魂が「ありがとうありがとう作ってくれてありがとう」と叫び、全身が「よかったねよかったね生まれてこられてよかったね」と震えます。

われながらなんて素敵な声なのでしょう！

ゼムスはこれ以上ないほどの笑みを浮かべています。奥さんは目を細めてうっとりと聴いています。歌はやがてゆっくりとなり、だんだんとなくなりました。

奥さんはにっこりと微笑みました。

「なんてすばらしい音色だこと。特に低音の深みは胸に響くわ」

「気に入ってくれたかな」

「もちろんだわ」

「君が好きなシューマンだよ」

「ええ、あなたと出会った時、わたしが弾いていた曲ね」

「『子どもの情景』の七番目の曲だ」

「ええそう。一番好きな曲よ。夢見るような心地がするメロディでしょう？　だから
『トロイメライ（夢見心地）』というのよ」

「『トロイメライ』か。タイトルは知らなかったな」

「でもこの曲はわたしが弾いたのと少し違って聴こえるわ」

ゼムスは顔を曇らせました。

「何か間違っていたかい？　君が持っていた音符通りにしたつもりだが」

「いいえ、ゼムス、間違いではないのよ」

奥さんはわたしの蓋をそっと閉じました。

「わたしが弾くともっと物悲しく響くの」

「君がピアノを弾いて、俺は悲しくなったことはない」

「この曲にはおだやかで優しい気持ちと、平和な中に必ずつきまとう切なさがこめられ

ているのよ。シューマンには愛する人がいたけれど、その人とは一緒になれない事情があったの。彼女への思いが、曲へ滲み出ているわ。でもこのオルゴールの音色は違う。あなたのこの子へのまっすぐな思いがこもっていて、ずっと明るく、あたたかく聴こえるわ」

奥さんは大きなお腹をさすって言いました。

ゼムスは子どもの誕生を願ってわたしを作ったのです。わたしを作る時のあの粘り強い情熱は、子どもと奥さんへの愛だったのです。

「俺は音楽家じゃないから難しいことはわからないし、ピアノの生演奏には勝てないよ」

ゼムスは鼻を手でこすりながら恥ずかしそうに言いました。

奥さんはわたしを手に取り、蓋の手触りを楽しむようになでました。細工をほどこしていない素直な木の箱ですが、柔らかな曲線を描いており、えも言われぬ優しい形をしています。

「随分とよいクルミ材を使ったのね。大丈夫なの？」

ゼムスは奥さんの肩を抱き、額にキスをしました。

「元気な子を産んでおくれ」

そして工房へ戻って行きました。

奥さんはそのあとすぐにゼンマイを巻き、わたしの歌を聴き始めました。わたしははりきって歌いました。

「作ってくれてありがとう！」

生まれた喜びに感謝しました。

「元気に生まれておいで。幸せな世界に生まれておいで！」

お腹の子を励ますのも忘れませんでした。

奥さんは良い聴き手です。わたしの気持ち、正確に言えばゼムスの気持ちですが、それを素直に受け取め感謝しているのがわかります。わたしは気持ちよく歌い、だんだんとゆっくりになり、やがて歌は消えました。その頃には奥さんの寝息が聞こえてきました。安心と幸福に満ちた寝顔でした。見る人をも幸せにする良い寝顔です。幼い頃の彼女はきっと天真爛漫な少女で、みなに愛され、こうして毎晩安心しきった顔で寝ていたのだと想像できます。

それから毎日、奥さんは朝起きるとまずわたしを聴き、食後にはまたわたしを聴き、眠る前にもわたしを聴きました。

さすがのゼムスも「そんなに聴いたら飽きないかい？」と言うほどでした。

「気持ちが落ち着くのよ」と奥さんは言いました。

「血の巡りがよくなるみたい」

奥さんは食が進んで元気になり、ふっくらとして、しばらくすると大きなお腹で立ち歩くこともできるようになりました。

ある時、とても気分が良いので、お茶をふたりぶんいれてゼムスに届けようと工房を覗きましたが、働いているはずのゼムスはそこにはいませんでした。ゼムスがいるのはオルゴール工房ではなく、その隣の時計工房だったのです。

そこではゼムスのおとうさんと職人さんたちが働いています。

わたしが生まれてひと月が過ぎようとしており、ゼムスや奥さんの会話から、いろんなことがわかってきました。ここはスイスという国で、もともと時計作りが盛んだったようです。一七九六年にアントワーヌ・ファーブルという時計職人が機械仕掛けで音楽を奏《かな》でるオルゴールを発明して以来、スイスでは時計と並んでオルゴールが盛んに作られるようになりました。時計職人だったおとうさんは時代の波に乗ってオルゴールを作り始めたのです。

当時はＣＤもラジオもテレビもありません。音楽といえば、ピアニストがピアノを弾き、バイオリニストがバイオリンを弾くもので、たいそう贅沢《ぜいたく》な文化でした。

演者がいなくても音楽を奏でる魔法のようなオルゴールの発明は、国中から歓迎されました。教会やレストランや学校などから次々と注文がありました。さらに技術が進んで木箱におさまる形ができると、貴族の間では結婚祝いや誕生祝いにオルゴールを贈り合う習慣ができました。とても高価なものなので、貴族しか手にすることができないところも、人気の秘密でした。注文はますます増え、おとうさんは時計工房の隣にオルゴール工房を建てて職人も雇いました。

ゼムスが生まれたのはその頃です。

ゼムスはオルゴールの部品に囲まれて、オルゴールの音を聴きながら育ち、何の迷いもなくオルゴール職人になりました。

ゼムスの職人としての腕は確かなものでした。その精巧《せいこう》な仕上がりはおとうさんも「まいった」とシャッポを脱ぐほどでした。ゼムスの寡黙で粘り強い気質がこの仕事にぴったり合っていたのです。おしゃべりは極端に不得手《ふえて》で、社交は苦手でした。外へ飲みに行くことも、祭りでダンスを踊ることもしませんでした。この時代の職人は十代後半で所帯を持つのが普通でしたが、そういうわけで、ゼムスは三十を超えてもひとり身でした。

ある日ゼムスは近所の学校に納めたオルゴールの定期点検に出かけて、そこでピアノを弾いていた奥さんと出会いました。奥さんは音楽の教師で、おしゃべりな人でした。むすっとしたゼムスに何のためらいもなく話しかけ、彼の硬い心にどんどん入り込んでゆきました。奥さんにはダンスが上手で遊び好きな恋人がいましたが、彼のふわふわな態度に嫌気がさしていたところで、ゼムスの朴訥《ぼくとつ》で実直な性格に惹かれてゆきました。そしてついにふたりは結婚することになったのです。

奥さんは結婚後も教師を続けていましたが、お腹に子どもができてから体が辛くなり、教師をやめ、出産に備えて安静に過ごすようになりました。

皮肉なことに、ゼムスがめでたく結婚した頃から、オルゴールの注文は減ってゆきました。なぜなら遠いアメリカという国で、エディソンという男が蓄音機《ちくおんき》なるものを発明したのです。それは音を記憶する装置なのだそうです。声を保存して再生する目的で作られたそうですが、音楽鑑賞にも利用できました。

演者がいなくても音楽を再生できるという点で、オルゴールと同じ性質を持っていましたが、蓄音機が優れているのは、さまざまな音楽を再生できるところです。

百二十年生きてきたわたしには「蓄音機の時代もそう長くは続かないのよ」とわかっていますが、当時は世界中が驚く画期的な発明でした。海の向こうのことで、すぐには影響はありませんでしたが、ゆっくりとスイスにも蓄音機の波が押し寄せてきました。

蓄音機を賞賛する人は決まってこう言ったものです。

「オルゴールは短い曲を繰り返すだけじゃないか。しかもだんだんとテンポが遅くなって、途中で勝手に止まってしまう」

オルゴールのわたしが聞いても、その言い分は間違っておらず、「はいその通りでございます」と頭《こうべ》を垂れるほかありません。

だんだんとオルゴールの注文は減り、ゼムスのおとうさんは細々と続けていた時計工房に力を入れるようになりました。そしてゼムスにも時計作りをするように言いました。

短い曲しかできない、繰り返すことしかできない、テンポが遅くなる。

この三つの欠点はオルゴールの性質上、しかたのないものでした。

ゼムスは大好きなオルゴール作りをやめることに寂しさはありましたが、絶望はしていませんでした。なぜなら奥さんのお腹に子どもがいるからです。もうすぐ新しい命が誕生するのです。ゼムスはむしろこの時期、人生で最も希望にあふれていたかもしれません。奥さんの心と体をやすませ、お腹の子に心地よい音が届くようにとわたしを作り、それをオルゴール作りの区切りにして、その日から時計工房で働くようになりました。

ゼムスは奥さんにそのことを伝えていませんでした。奥さんは気づいていましたが、あえてそのことには触れませんでした。

ある日奥さんは晩ご飯を食べながらゼムスに言いました。

「オルゴールの良さはね、短いフレーズを繰り返すことと、だんだんゆっくりとなって、自然と止まることね」

ゼムスははっとしました。短い曲しか演奏できない、繰り返すだけ、テンポが遅くなる。この三つはオルゴールの欠点として必ず指摘されることだったからです。

「そこがいいって、どういうことだい？」

「音楽ってね、繰り返し聴くことで体に染み込むの。学校で子どもたちに教える時は、最初からたくさんの曲を聴かさないで、ひとつの曲を繰り返し聴かせて、メロディを体に染み込ませるのよ。ちゃんと体に曲が入ったら、次に別の曲が入ってきた時、きちんと違いがわかって、そこから音楽というものが見えてくるようになるの」

「なるほどなあ」

「わたしのように体が普通ではない時は、知った曲を繰り返し聴くことが癒しになるみたい。だんだん遅くなるのもね、刺激が和らいでいいのよ。このオルゴールを聴きながらだとよく眠れるし、いい夢が見られるわ」

「そうか、そうか」

ゼムスはうれしそうに微笑みました。

「あ、それともうひとつ良い点があるわ。オルゴールはピアノより小さいでしょう？持ち運べるからどこでも聴ける。それも良さのひとつね」

「ああ、そうだな」

「この子も一緒に聴いているに違いないの。だからこの子はいい音楽を体に入れた状態で生まれてくるの」

わたしはこの会話を聞きながら、わたしにも生まれる前の記憶があることに気づきました。ゼムスの指、ゼムスの息遣い、ゼムスの真剣なまなざしを覚えています。ゼムスがピンを埋め込む時の確かな指の動きも、生まれた時にすでに知っていました。

魂っていつ生まれるのでしょうね。そして魂はどこにあるのでしょう？

ゼムスの子もわたしの「元気に生まれておいで。幸せな世界に生まれておいで」という歌を、その心を、きっとしっかりと覚えた状態で生まれてくることでしょう。なんという幸せなことでしょう！

「そうだな。きっと音楽好きの子だ」ゼムスはうれしそうに頷きます。

「将来シューマンのような作曲家になるかもしれないわ」

「そうだな、たぶんそうなるな」

「子育てもこのオルゴールと一緒にやっていくわ」

奥さんは頬を紅潮させて微笑みました。

けれど奥さんがわたしを聴きながら子育てをすることは一度もありませんでした。出産はうまくゆかず、奥さんと子どもは命を落としてしまったのです。

この頃の記憶はわたしの中で曖昧です。

嫌なことは思い出さないようにするので、自然とぼやけた記憶になるのです。

もうすぐ幸せの頂点がやってくる、というそわそわとした空気に浸ったあと、なんだか雲行きがよろしくないという不穏な空気がやってきて、瞬く間にその空気が周囲を包み、まさかまさかとあせっているうちに、ドーンと悪いそれが世界を支配して、あとは闇があるばかりでした。

当時、そういうことは珍しくなかったそうですが、ゼムスにとっては致命的な出来事でした。葬儀を終えたあとも仕事が手につかず、いつまでも頭を抱えていました。

「今度は若くて丈夫な奥さんをもらおう。そしてまた子どもを作ればいい」とおとうさんはゼムスを励ましました。微塵《みじん》も悪意はなく、息子を思ってのことでしたが、ゼムスはそれどころではありませんでした。

とうとう石造りの家に鍵をかけてこもり、わたしを鳴らしました。

不思議なことですが、わたしの歌は以前と違っていました。

「生まれて来られてうれしいわ。ありがとうありがとう」と歌っているつもりが、「ごめんなさい。ごめんなさい。死んでしまってごめんなさい」とまるで奥さんの心を代弁するような歌になってしまうのです。そんな歌は駄目、ちゃんと励まそうと思い、明るいことばかりを思い浮かべるのですが、わたしの歌はただただ物悲しく室内に響き渡り、ゼムスを涙ぐませることしかできませんでした。

わたしはそれまでゼムスと奥さんの会話から世の中のことを知ることができました。オルゴールの歴史を知り、一家の状況を見極め、さらにふたりの心情を知ることができました。奥さんのところには時たま教え子がお見舞いにくることもあったし、奥さんはひとりでいる時もお腹の子に話しかけていたため、わたしに多くの情報が伝わりました。

ところが奥さんが死んでゼムスひとりになると、当然ですがしゃべりませんし、その頃からわたしはゼムスのことも世の中のことも見えにくくなってきました。

そのうちゼムスは消えました。

石造りの家から出て行ったまま戻らないのです。おとうさんが何度か捜しに来たので、工房にもいないようです。

おとうさんは時たま石造りの家に来て、わたしを鳴らしました。オルゴールは使わないと機械のすべりが悪くなるからです。ゼムスが消えて半年くらい経った頃でしょうか、おとうさんはわたしを聴きながら泣きました。静かにさめざめと泣きました。おとうさんの髪はもう真っ白で、引退をしてもよい歳でした。頼りの息子が行方知れずで、もしかしたら死んだかもしれず、工房の行く末も心配だったのでしょう。

わたしはそれからおとうさんのために歌いました。

「だいじょうぶ、だいじょうぶ。ゼムスは戻る、必ず戻る」

言葉を持たない歌ですが、伝わるのでしょうか。おとうさんはわたしの歌を聴き終えると、少しだけ微笑み、ほんの少しですが丸い背中が伸びるようでした。

一年後、ゼムスは戻りました。

石造りの家のドアを開け、まっすぐにわたしのところにやってきて、「ただいま」とつぶやき、わたしを鳴らしました。

「おかえりなさい、おかえりなさい、帰ってきてくれてうれしいわ。ありがとうありがとう」

わたしは歌いながら気づきました。声があたたかみを取り戻したことを。一度知った悲劇は消すことができず、メロディに物悲しさは残りましたが、生まれた時に持っていた、元気と明るさを取り戻していました。

「オルゴールは繰り返すだけ」と言った人には一生わからないかもしれません。

繰り返しの中にも変化があるのです。時代や人の心を映すことによる変化です。音は鳴るだけではないんです。音を聴いて体に入れる、その受容体によっても変化するのです。

そう、音は入るんです。聴く人の心に。入ってから、変化するのです。ほんとです。この一年どこで何をしていたのでしょうか。ゼムスの頬はこけ、体は痩せて小さくなっていました。それでもゼムスは微笑みました。微笑む練習をどこかでしてきたのかしらと思うくらい、いい感じの笑顔でした。わたしを作った時の底抜けの笑顔とは違います。痛みが刻まれた、美しい笑顔です。

ゼムスは翌日から時計工房で仕事を再開しました。おとうさんはどれだけほっとしたことでしょう?

ゼムスはもともと寡黙な男でしたが、石のようにだんまりになり、その分、腕は精巧さに磨きがかかったようで、時計工房はうまくいっているようでした。

安心したのでしょう、しばらくしておとうさんが亡くなり、時計工房はゼムスが引き継ぎました。時たまオルゴールの注文も来ましたが、ゼムスは断っているようでした。

ゼムスの生涯で最後の作品だという自負がわたしの中に芽生えてきました。こうなったら二度と注文を受けて欲しくないとさえ思い始めました。

一方、オルゴールはその価値を再び認められ始めたようです。贈答品として息を吹き返してきたようで、石造りの家にまで人が来て「またオルゴールを作ってくれないか」とゼムスに頭を下げる場面が何度かありました。

ゼムスは頭を縦に振りませんでした。言い訳もせずに、ただ首を横に振るだけです。そういう態度ですから、相手はなかなか納得しません。

「隣のあれ、オルゴール工房だろう？　工房は潰してないじゃないか！　お前はオルゴールが好きなんだ。そうだろう？」と強く言う人もいました。

それでもゼムスは頑なに断り続けました。なぜでしょう？　ひょっとして時計作りが好きになったのかもしれません。とにかくゼムスはしゃべらないので、本当の心は闇の中です。

わたしが生まれて二十年経ちました。ゼムス五十五歳の時に、また性懲《しょうこ》りもなくオルゴールの注文が入りました。工房を閉じて二十年も経っているので、注文は久しぶりのことでした。

お隣の国の貴族が自ら訪ねてきて、「七歳になる娘のために、誕生日プレゼントとして作って欲しい」というのです。誕生日まであと三ヶ月だそうです。ゼムスよりずっと若く、まだ二十代後半のおとうさんで、昔ゼムスが作ったオルゴールを大切そうに持って来ていました。大きさはわたしの倍もあり、贅沢な作りのものでした。おそらくシリンダーとコームなどの音源はゼムスが作り、木箱は木工職人、模様は象嵌《ぞうがん》細工師が手がけたのでしょう。

　蓋の模様は凝《こ》っていて、赤いカーテンを開いたような絵が描かれており、あとでわかったのですが、それはその貴族の家の紋章《もんしょう》なのでした。とにかく見た目がすばらしく、立派なオルゴールです。

「今まで何台かオルゴールを貰ったが、三歳の時に祖父が買ってくれたこのオルゴールほど美しい音色のものはない」とその人は言いました。

　ゼムスは黙ったままオルゴールのゼンマイを巻くと、共鳴台に載せて蓋を開けました。状態は良いようで、オルゴールはたいそう美しい音色を奏でました。わたしほどではありませんけどね。

　その人は言いました。

「曲はヨハン・パッヘルベルのカノン。彼の死後、多くの偉大な作曲家が名曲を作ったが、今もわたしはこの曲ほど自分の心に共鳴するものはないと感じている。三歳の時から何度も聴き続けているので、体に染み込んでいるのだろう。ぜひこれを作った職人に娘のオルゴールを作ってもらいたいと思った」

ゼムスはやっと口をききました。

「お嬢さんのオルゴールにもこの曲がいいのですか」

「いいや、選曲はお任せする。娘には娘の、曲との出会いがあって欲しい」

意外なことにゼムスはこの依頼を引き受け、その人はお金を置いてゆきました。工房が三つも建てられるほどどっさりと。

ゼムスがオルゴール作りを引き受けたのは、その人がゼムスの作品を大切に持っていたからでも、大金持ちだからでもなく、彼の娘が病弱で家にこもっていること、そしてクララという名前だったからだと思います。ゼムスの死んだ奥さんと同じ名前なのです。

ゼムスは二十年ぶりにオルゴール工房の扉を開けました。時計工房は雇い人に任せて、ゼムスはオルゴール作りに没頭し始めました。

ゼムスは工房にわたしを持ち込んだので、わたしはその一部始終をしっかり見届けることとなりました。創作に疲れたり、迷ったりすると、ゼムスはわたしを聴きました。

あの時の情熱を取り戻そうとするようでした。

わたしが彼の最後の作品でなくなるのは寂しいことでしたが、彼の没頭ぶりを見ると、もう彼にはこれしかない、オルゴールを作ることしかやっちゃいけないのだと、そう思えてくるのでした。

彼がまず取り掛かったのは、曲の選定です。時計工房で働く職人の姉で、教会でピアノ弾きをしているマーサという女性に頼み、オルゴール工房の片隅にあるオルガンで奥さんの遺品である楽譜を次々と弾いてもらいました。

わたしにはどれも良い曲に思えました。全部オルゴールにして聴いてみたいと思いました。しかしゼムスはむすっとしたままです。マーサは気にすることもなく、淡々と弾いてゆきました。

「これは誰が作った曲だ?」

十七曲目にやっとゼムスが口を開きました。

マーサは指を止めました。

「ポーランドの無名の女性が作った曲です」

「聴いたことがない曲だ」

「彼女はサロンのピアニストで、正式な音楽教育を受けていませんし、あまり評価はされていません」

「でも妻は楽譜を持っていた」

「わたしも持っていますよ」マーサは微笑みました。

「とても素直で、可憐で、美しい曲ですもの。女はみんな好きですわ。テクラはきっと功名心のない柔らかな女性だったのでしょう」

「ククラ？」

「テクラです。テクラ・バダジェフスカ。若くして亡くなりましたけどね。曲名は『乙女の祈り』です」

マーサは再び鍵盤で指を動かし始めました。それは明るく伸びやかな曲でした。翳《かげ》りや切なさは微塵もありません。ゼムスはテクラという無名の女性が作った曲を選び、その日からシリンダー作りを始めました。

シリンダーもコームもわたしの時ほど時間をかけずに仕上がりました。二十年間作っていなかったとは思えない指の動きと、確かな耳で、確実によい響きを見つけてゆくのです。ゼムスには見えているのです。理想の音の姿が。

次に箱に取り掛かります。かなりの予算があるので、木工職人を呼ぶと思いましたが、意外なことに自分で木を切り、形を決めてゆきました。木の色は明るめを選びました。わたしよりも大きくなりそうです。全体のデザインは奇をてらわずにオーソドックスで、でも繊細で、ふっくらと優しいのです。象嵌細工職人も呼びませんでした。柄は幾何学《きかがく》模様か、あるいはバイオリンやピアノなどの楽器をモチーフにするのが王道ですが、ゼムスが描いたのは花でした。花の女王、バラをモチーフに選び、蓋になる部分の木の表面に下絵を施します。下絵の線に沿って浅い溝を彫り、そこに砕いた貝を埋め込んでゆきます。色のついたガラスも用いました。絵の具代わりに貝やガラスを使った贅沢な細工です。ヤスリがけをし、仕上げにニスの一種であるシェラック（カイガラ虫の分泌物《ぶんぴつぶつ》を集めて精製《せいせい》したもの）をアルコールで希釈《きしゃく》して塗り、さらに磨きをかけてゆきます。すべて初めて見る作業で、わたしは心を奪われました。

二十年前を思い出しました。奥さんが死んだ後、ゼムスは一年間帰ってきませんでした。ひょっとすると、木工職人や象嵌細工師に弟子入りして、技術を学んでいたのかもしれません。何のために？　こういう日が来ることを予感していたのでしょうか？　そんなはずはないでしょう。

職人であるゼムスにとって、生きるということは、常に技術を学び、手を動かすことなのではないでしょうか。奥さんと子どもを亡くしてきっと彼は絶望を味わった。そんな時に命をつなげていたのは職人としての明日を考えることだったのではないでしょうか。

わたしはゼムスを見て思ったのです。この先何があっても絶望せず、歌うことだけをひたすら考えていようと。たとえ今日歌えなくても、明日歌うのだと、そう考えていようと思いました。

さて、すばらしいオルゴールはついに出来上がりました。ゼンマイを巻き、蓋を開けると、希望に満ちた歌が始まりました。それはマーサがオルガンで弾いてくれたのよりずっと素敵に感じました。歌はだんだんとゆっくりとなり、なくなります。なくなったあとも愉快な余韻が残るすばらしい音色でした。クララは子どもです。このくらい元気で明るい曲が喜ばれるでしょう。

クララの誕生日は二週間後です。じゅうぶん間に合いました。注文者はあと三、四日すると使者をよこして引き取りにくる予定です。

仕上がった夜、ゼムスは石造りの家に新作ではなくわたしを持ち帰り、パンとスープで質素な食事をとったあと、わたしを鳴らしながら眠りにつきました。ゼムスのやすらかな寝顔を見ているうちに、奥さんの寝顔を思い出しました。ゼムスも奥さんも寝顔は油断だらけで子どものようです。わたしは二十年ぶりに心からの幸福を感じました。

その幸福は三日と続きませんでした。オルゴール工房でボヤがあり、せっかく作ったオルゴールが焼けてしまったのです。すっかり焼けたわけではなく、中のシリンダーやコーム、ゼンマイ部分はガラスに守られて無事でしたが、美しい象嵌細工を施した木箱は使い物にならなくなりました。

それまで寒い日が続いていたのです。宿に泊まる金のない旅人が風をよけるために工房に入り込み、マッチで火をたいて暖《だん》をとっていたそうです。そのまま寝てしまい、木くずに燃え移ったようです。明け方ボヤに気づいた時計工房の職人が火を消し、犯人を取り押さえて、寝ていたゼムスを起こし、顚末《てんまつ》を伝えました。

ゼムスは工房の工具や研磨機が無事なのを知ってむしろほっとしているようでした。旅人は指に火傷《やけど》を負っていました。ゼムスは彼の指に軟膏《なんこう》を塗り、食べ物を与え、警察には届けずに銅貨を握らせて解放しました。

騒ぎが収束する頃、発注者の使者が到着しました。

ゼムスは「あと二週間待ってください」と頭を下げました。

「誕生日には間に合いませんが、わたしが必ずお届けします」

使者は困ったような顔をして帰って行きました。

それからすぐにゼムスは木を選び、切り始めました。音源は無事なので、木の箱さえ再現できればよいのです。ゼムスはほとんど寝ずに作り続けました。一度作ったものの再現なので、前よりすんなりとできるはずです。大きさもデザインも同じものができつつありました。

ところがゼムスは下絵を変えました。バラではなくスミレをモチーフにしたのです。絵柄の見直しに手間取りました。はめ込むガラスや貝殻も変えました。結果、出来上がった細工は前作よりも派手さがなく、上品さを増していました。火事によるマイナスをゼロにするのではなく、プラスに変える意気込みがゼムスの全身から窺えました。

さてあとは音源を入れ、組み立てるだけ。そこにきてゼムスはふと手を止めました。『乙女の祈り』の音色は確かで、ボヤの影響を全く受けていません。なのにゼムスはそれを内蔵するのをためらいました。

ゼムスはふと思いついたように、わたしを手に取りました。考えに煮詰まるとわたしを鳴らすので、さあ歌うのだと身構えました。予想ははずれました。

ゼムスはわたしにドライバーを当て、ネジをはずしたのです。一本ではなく六本はずし、音源を取り出したんです！

わたしはあせりました。

あろうことかゼムスは、わたしの音源をスミレ模様の木箱に移し替えようとしているのです！

やめて！

神よ、助けてください！

ゼムスはわたしを殺そうとしています。

死？

わたしはいったいどうなるのでしょう？

作業の最中、わたしは懸命に魂について考察しました。

わたしには悲しいとかうれしいとか残念だとか、そういう気持ちがちゃんとあります。人間同様、魂があるのです。果たしてわたしの魂は木箱にあるのでしょうか？　シリンダーやコームなどの音源にあるのでしょうか？

謎のまま作業が進みました。途中で死を迎え、意識がなくなるかと思いましたが、そういうことは起こりませんでした。意識があるまま新しい箱に内蔵され、ネジで固定されました。ゼムスがゼンマイを巻き、蓋を開けて試聴を始めた時、わたしは自分の魂がどこにあるかを知りました。

正解は音源でした。シリンダーやコーム、ゼンマイにガバナー、それらの中にわたしはいるのです。

わたしは新しい体を得て、朗々と歌い始めました。驚いたことに、今までよりも深く響く声でした。低音だけでなく、高音にもずしんとくる手応えがあるのです。体によって声って変わるのですね。

今度の声は生きる喜びと痛みを併せ持ち、他に訴えかける深みが増しています。それは生きている時に奥さんが話していた『トロイメライ』の持ち味ですし、ゼムスの人生そのものではありませんか。

職人の人生は作品に入り込むのですね。わたしはもう二度と人生を楽観視できないことを思い知りました。

歌い終わると、わたしは空っぽになった元の体を心配しました。魂はこちらに移りましたが、残された体もわたしに違いありません。なんの装飾もない木箱に過ぎませんが、二十年以上一緒に生きてきた大切な体です。

ゼムスはそこに『乙女の祈り』を入れました。そして鳴らしてみました。すると『乙女の祈り』のメロディが持つ慎ましさや明るさが、いっそう映える音色になっていました。

わたしの魂は新しい体に非常によく馴染みましたし、『乙女の祈り』はわたしの元の体に馴染みました。『乙女の祈り』の魂も喜んでいることでしょう。

この時ふと、わたしはこのままゼムスのものになるのではないかという思いが生まれました。ゼムスはわたしを人手に渡すのではなく、立派な箱へ移したかっただけなのかもしれません。

そして装飾のない『乙女の祈り』を注文者に渡すのかもしれない。

でも違っていました。ゼムスは「手伝ってくれたお礼」と言って『乙女の祈り』をマーサにあげてしまいました。そしてわたしを厳重に布でくるんで、旅支度をしてうちを出ました。

やはりゼムスはわたしと別れるつもりのようです。

今でも不思議なんです。

あの時なぜゼムスは妻への思いが詰まった『トロイメライ』を人手に渡すことにしたのでしょうか。なぜ『乙女の祈り』じゃなくて、わたしなのでしょう？

ボヤ騒ぎがなければあのまま使者に『乙女の祈り』を奏でるバラ模様のオルゴールを渡していたに違いないのです。バラをスミレにしたからでしょうか？　いつ心変わりしたのでしょう？

百二十年経った今もわかりません。

そう複雑なことではないのかもしれません。ゼムスはあくまでも職人として、最もよいオルゴールを作りたかっただけなのかもしれません。

ゼムスは旅慣れているふうに見えました。水路を上手に使ったので、わたしはストレスを感じることはありませんでした。その後もわたしは何度か旅をしましたが、一番振動が少なく、楽だったのはゼムスとの道中でした。わたしのような精密機器は、振動が命取りですからね。

前にも言いましたけど、百二十年生きると、それなりに経験を積みます。わたし自身も旅をしましたが、人の会話から旅を窺い知ることができます。人はおおよそ旅が好きなようです。人はおおよそ「今いる場所」に不満を持っていて、それを解消するのが旅なのでしょう。

わたしは旅が苦手です。多少の不自由はのみ込みますので、定住したいと思っています。ですがゼムスとの旅だけは、終わってほしくなかった、という記憶があります。

旅の終わりは坂でした。ゼムスは長い坂道をわたしを抱えて上ってゆきました。寒い日でしたがゼムスは汗ばんでいました。たどり着いたのはお城でした。

門番に「スイスのオルゴール職人です」と伝えると、中に入れてもらえました。綺麗な服を着たスマートな男の人が迎えてくれました。ゼムスがわたしを渡して帰ろうとすると、その人は受け取らず、ゼムスを奥へ案内しました。ボヤ騒ぎの時に引き取りに来た使者ではありません。注文に来た貴族でもありません。

長い廊下を歩き、階段を上りました。途中で何人かの人に会いましたが、みな綺麗な服を着てスマートなんです。ゼムスもゼムスのおとうさんも職人たちもみな猫背です。でもここにいる人たちはみんな背筋がぴーんとしています。まっすぐな鉄柱が体内に組み込まれているようです。それがここにいる条件なのかもしれません。会う人はみな、ゼムスに会釈《えしゃく》をして失礼のない態度をとっていましたが、歓迎しているようには見えませんでした。怒っているのではなく、悲しんでいるように見えました。

大きな部屋に到着すると、いました。石造りの家に注文にきた貴族です。立派な身なりをして、まだ若いおとうさんです。その妻らしき人もいます。ふたりともゼムスを心から歓迎しているようです。妻は「わざわざここまできてくれて。どうぞ休んでお茶でも」と案内してくれた人に命じてティーセットを持ってこさせました。少し気になったのは、ふたりのまぶたがうっすらと赤く腫《は》れているようなんです。若いおとうさんは、前に会った時、もっとすっきりとした顔でした。

ゼムスは立ったまま、居心地悪そうにわたしを抱えていました。勧められた椅子にも座りませんでした。恐る恐る部屋を見回し、急にほっとしたような顔をしました。

古いオルゴールが飾られてあったからです。昔ゼムスが作ったオルゴールです。メロディは『カノン』で、蓋には貴族の紋章が描かれています。大切に扱ってもらえているようです。より良い音となるように、共鳴台に載せてありました。その共鳴台は工房にあるものより立派で、とても広く、テーブルのようで、贅沢な装飾が施されていました。

若いおとうさんは「オルゴールを見たい」と言いました。ゼムスは『カノン』が載っている共鳴台にわたしを置きました。あと三つや四つは載せられるほど広いのです。そして包みを解き、スミレ模様のわたしを披露しました。

若いおとうさんとおかあさんは、息をのみました。それから「おー」と感嘆のため息をもらしました。

わたしはその時生まれたばかりの美しい姿をしていました。魂は二十歳ですが体は生まれたてです。しかもその姿は時を経て古びることのない、普遍的に愛される形をしているのだと、のちのち知ることとなりました。

若いおとうさんは「すばらしい」と言い、さっそくゼンマイを巻こうとしました。ゼムスはぼそりと言いました。

「お嬢さんに」

若いおとうさんは手を止めてゼムスを見ました。ゼムスは遠慮がちに言いました。

「誕生日に間に合わなかったのは謝ります。すまないことでした。でもこれはクララお嬢さんにお聴かせしたくて作りましたもので。たかが職人の分際で生意気なことですが、ぜひこのお城で最初に鳴らすのはお嬢さんの前でお願いします。こいつもそう願っていると思うんで」

最後のほうは、ぼそぼそ声になりました。ゼムスはわたしを「こいつ」と言いました。ものであるわたしにとって最高の賛辞です。この時のゼムスは彼にしては精一杯しゃべりましたし、思いは伝わったと思います。

　ところが若いおとうさんの顔は曇りました。

　ゼムスはあわてて帽子を取りました。今まで被っていたことに自分で気づいてなかったようです。しかし被ったままが礼儀にかなっているのかもしれず、戻そうとしてやめたりと、もじもじしていました。ゼムスは貴族の家がここまで大きいと思っていなかったのでしょう。今まで教会や学校や貴族の家に出入りし、立派な施設で大きな時計やオルゴールの設置に関わってきたこともありましたが、このようなお城の、プライベートな部屋に招かれたことはなく、ましてやお茶など出されてどうしたらよいかわからないようでした。

「どうぞご療養中のお部屋へお持ちください。わたしはここで失礼します」

　ゼムスが帰ろうとすると、若いおかあさんは言いました。

「遅かったんですよ。もう少し早かったら」

　ゼムスははっとして立ち止まりました。

「まさか、お嬢さんは」

「大丈夫、元気だ」と若いおとうさんは言いました。

「ずっと病気がちで城から出たことがなく、オルゴールなら部屋で聴けるからと、そなたに頼んだのだが、誕生日の二日前から急に容体が悪化して、高熱が出た。医者を呼び、手を尽くして、なんとか熱は下がり、命は取り留めたんだ」

「そう、あの子は今までになく元気ですよ。それはそうなんだけど」

若いおかあさんは涙ぐみ、口を手で押さえました。

「耳が聴こえなくなった」

絞り出すような声で若いおとうさんは言いました。

「高熱のせいか強い薬の副作用なのかわからない。今後ずっとなのか、いつか治るのかもわからない。しかしだ。とにかく助かった。前よりも体調はよくて、歩くこともできる。だから親としては良かったと、そういうふうに思っているのだ」

「でもオルゴールの音は聴こえませんよ」と若いおかあさんは言いました。

「聴こえていたんですよ。ほんの一週間前までは。オルゴールの到着を待ちわびていたんですわ。予定通りにできていれば聴くことができたんです！」

若いおかあさんはとうとう不平を言いました。まるでオルゴールが届いていれば高熱など出なかったとでも言うような、そんな口調です。

娘の耳が聴こえなくなったことは残念でしょう。何かのせいにでもしないといられない気持ちはわかります。それに、わたしが来るのを待っていたのでしょう、心から。本当に本当に残念です。

若いおとうさんは「彼のせいじゃない」とおかあさんを諌《いさ》めました。

ゼムスは「たいへんすまないことでした」と頭を下げました。そしてわたしに近づくと、両手で抱え、「持ち帰ります」と言いました。

「お金は返します」

ゼムスはわたしを布で包もうとしました。こんな時に自分勝手なことですが、わたしはほっとしました。ゼムスと別れずに済むことがうれしかったのです。

その時、いきなりドアが開いて、真っ白なものが入ってきました。

一瞬、鳩が舞い込んだように見えました。工房には時々鳩が舞い込んで来たものです。灰色や茶色の鳩だとゼムスは追い払いましたが、白い鳩だと「天使の使い」と言って、パンくずをあげたりしていました。

「おかあさま、お客さまなの？」

クララです。

くるぶしまである白い服を着ていました。天使のようです。色の薄い金髪で、肌は青白く、いかにも病弱なたたずまいでした。わたしはゼムスの奥さんを思い出しました。

こういう人はいっとき元気になることはあっても結局は死ぬのだ、という考えがわたしを支配しました。そして周囲を絶望させるに決まっているのです。

「まだそんな、歩き回ってはいけないわ」とおかあさんは注意しました。でも、クララには聞こえないようです。

クララは音のない世界にとまどっているようで、恐る恐るみなの顔を窺っています。それでもゼムスの手にわたしを見つけると、待っていたものが届いたことに気づき、ぱっと明るい表情になりました。

「これね？　綺麗な箱」

箱ですって！　わたしには魂が詰まっているので、物を入れることはできません。ふと、悪い予感がしました。耳が聴こえないなら、わたしの魂は不要です。魂を取り出せば、たしかにこれは美しい箱になります。このうちはお金持ちでしょうから、宝石がたんとあるでしょうから、宝石箱として使われることになるのでしょうか？

ゼムスはわたしを共鳴台に置きました。

クララは蓋を開けました。手は思いのほかあたたかく、しばらく死にそうにないなと思いました。ゼンマイは巻かれていないので音はしません。ガラス越しにわたしの魂であるシリンダー部分が見えます。魂は二十年経っていますが手入れが行き届いてぴかぴかです。

「動くとこが見たい」とクララはつぶやきました。

ゼムスは帽子を被ったまま、わたしの蓋を閉めて持ち上げ、ゼンマイを巻きました。そして台に置くと、手振りと視線で蓋を開けるようにクララに伝えました。

わたしの蓋は開かれました。

この城での第一声です。生きる喜びと悲しみを精一杯歌いました。共鳴台がすばらしく、今までで一番の音色を奏でていると感じます。若いおとうさんとおかあさんは音色のすばらしさにむしろ心を痛めているようでした。これを娘に伝えられないはがゆさに、おかあさんはもう聴きたくない、というふうに顔を横に振りました。クララはゆっくりと回転するシリンダーをじっと見つめていました。青い目をしています。

ゼムスはそっと共鳴台に手を置き、クララお嬢さんにもそうするように手振りで伝えました。クララは共鳴台に手をのせました。その途端、彼女の頬は紅潮しました。

「音が……伝わって来る」

共鳴台は薄い板でできています。わたしの魂の震えが箱の脚を伝って板に届き、それを震わせ、大きく深い音色へと広げるのです。耳が聴こえないクララにも板から手に振動が伝わり、『トロイメライ』のリズムを感じ取ることができたのでしょう。

クララの言葉に、若いおとうさんとおかあさんも共鳴台に手を置きました。歌が終わったので、おとうさんはあわててゼンマイを巻きました。再び歌は始まります。あまり大勢で手をべったり置かれてしまうと、うまく共鳴できません。けれど「本当だ。感じるぞ」とか「まあ、たしかに」などと親子三人でわたしの歌を味わっているのがわかると、心の底からうれしくて、ぞくぞくしてきました。三人の体の中にわたしの魂が流れ込んでゆく。そう感じたのです。

もしもゼムスの奥さんが無事赤ちゃんを産んでいたら。

あの石造りの家で親子三人、こうしてわたしの歌を楽しんでくれたでしょう。奥さんが料理をする間に赤ちゃんをあやすのはわたしの役目だったに違いないし、体の中にわたしのメロディが染み込んだ赤ちゃんは、きっと音楽好きな子どもに育ったことでしょう。

でも、もしもはありません。現実とは違うから「もしも」なのです。

ゼムスはいつの間にか消えていました。スイスへ帰ったのでしょう。

それがゼムスとわたしの永遠の別れとなりました。

その日からわたしはクララの部屋に置かれました。

ベッドもあり、ピアノもある部屋です。もともと音楽好きだったのでしょう。子ども用のちっちゃな笛もありました。共鳴台はわたし専用のが置かれました。やはり薄い板で、板の下にも板がある特別なデザインで、より音が伸びやかに響きました。クララは台に手をのせて何度も何度もわたしを聴きました。わたしに直接触れることもありました。おかあさんに頼んで楽譜を取り寄せ、振動と音符を照合してメロディを想像しているようでした。音に飢え、どうにか摑み取ろうと必死に耳を傾けていました。

わたしが来て一ヶ月ほどすると、クララの耳は低音をとらえました。わたしとクララの第二の出会いといえるでしょう。わたしは喜びましたがクララはそれでは満足しませんでした。もっと貪欲にわたしを追い求めていました。さらに一ヶ月経つと、高音もとらえるようになり、少しずつですがクララは聴覚を取り戻しました。治る時期だったのかもしれませんが、わたしは自分がクララの聴覚を引き寄せたのだと感じました。

おとうさんとおかあさんは喜びました。でもクララはそれでも満足しませんでした。わたしをすっかり自分のものにすると、今度はピアノを弾き始めました。おとうさんはクララのためにピアノ教師を呼びました。おかあさんはクララのために語学や歴史や文学の教師も呼びましたが、はたで見ていて笑っちゃうほどクララは勉強が嫌いで、音楽だけを愛しました。

クララはよく笑い、よく遊び、よくピアノを弾きました。外出もするようになりました。背が伸びるにつれ、わたしのことを忘れてゆくようでした。クララはわたしを一ヶ月も二ヶ月も聴かずに過ごすようになりました。さらには一年も二年も聴かずに平気なようでした。

わたしはすっかり飾り物となりました。片付けられることはありませんでした。クラの部屋は広いので、不要なものがあっても気にならないのです。おとうさんやおかあさんもわたしの存在を忘れているようでした。お掃除をする人はわたしを拭くので、埃《ほこり》はたまりませんでした。でもゼンマイが巻かれず、蓋も開けられないのでは、わたしは歌えません。魂はどんどんと硬くなってゆくようでした。

もしもクララが病弱なままだったら。

部屋から出ることができず、わたしを友としてくれたでしょうか。

もしもクララの聴覚が戻らなかったら。

クララは共鳴台に手を置き、わたしを求め続けてくれたでしょうか。

もしもはありませんし、わたしはもしもを望んでいません。

ゼムスの奥さんのように死んでしまってはいけません。生きているクララ。元気に出かけて行き、友達もでき、ピアノに夢中。おとうさんとおかあさんはクララが病んでいたことなど忘れたように、娘の将来をあれこれ話し合っています。この幸福はすべてわたしがいたからこそなのだと、心密かに自負しています。正直言えば、それしかその頃のわたしを支えるものはありません。

今は歌えないけれど、明日は歌おう。わたしは孤独の中で自分を励ましながら過ごしました。時々、というか、しょっちゅう、ゼムスを思い出しました。生まれは幸せだったなと、甘い過去を思い出し、あとはうつらうつらと夢見心地に長い時間を過ごしました。

さて、出会った頃七歳だったクララは二十二歳。

少々気の強い、綺麗な女性に成長し、ピアニストになりたいと言い出しました。貴族の娘がピアノを弾くのは趣味でなければならず、弾いてお金を貰うのはあってはならないことらしく、もう若くはないおとうさんとおかあさんはとんでもないことだと反対しました。おかあさんは怒っていましたが、おとうさんは笑っていました。ありえないことだと笑い飛ばしたことが、かえってクララを奮起させたのだと思います。

両親は知りませんでしたが、クララは出入りしているピアノ調律師と恋仲で、かけおちの計画を立てていました。きっと実行するだろうとわたしは思っていました。そういう身勝手さが彼女にはあったのです。そしてクララは実行しました。予想外だったのは、わたしを布にくるんで、持ち出したことです。

クララは美しいドレスや靴などは何ひとつ持ち出さず、着の身着のまま、わたしだけを抱えて城を出ました。十五年間凍りついていたわたしの魂は震えました。クララはわたしを愛しており、わたしがなくては生きてはいけないことを知っているのです。彼女の成長も、音楽と共にある人生も、すべてはわたしがもたらしたことだと知っているのです。心の中に光がさすようでした。早く歌いたい、どこでもいいから立ち止まり、ゼンマイを巻いて欲しいと願いました。

今こそ歌いたいのです。「ありがとうありがとう。わたしといてくれてありがとう」と。共鳴台など要りません。道端でいい、腕の中でいい、どこでだってすばらしく響いてみせるとわたしは自信たっぷりでした。

クララはわたしを鳴らしませんでした。城を出て街へ到着すると、一心不乱に走り、あまり立派とは言えない煉瓦造りのビルの一階に入ってゆきました。

そこは古道具屋さんでした。

丸メガネをかけた痩せたおじいさんと巻き毛の太った若者がいました。

クララはわたしをとっ散らかった台の上に置き、おじいさんからたっぷりと金貨を貰い、そそくさと出て行きました。ピアノの調律師と待ち合わせているのでしょうか、はずんだ足取りでした。それがクララとの最後の別れとなりました。

若者は「こんなものにそんなに金を出して」と文句を言いました。

おじいさんは「なあに、十倍、いや百倍にはなるかもしれんぞ」と言いました。そしてわたしの蓋を開けると、ガラス越しにゼンマイが収納されている金属製の香箱《こうばこ》を指差し、「ここにJ・Sと刻印がある」と言いました。

「なんだって！　ゼムス・スピリの作品かよ？　どれどれ、本当だ！」

若者は太ったお腹を揺らしながら、「運が回ってきた！」と顔を真っ赤にして叫びました。

「スピリが死んで十年になるが、作品はすばらしいのに、数が少ない。随分と高価格で取引されている。ひょっとして遺作かもしれない。とにかく鳴らしてみようぜ」

若者はいさんで乱暴にゼンマイを巻きました。

バチッと小さな音がしました。ふたりには聞こえないようですが、わたしには聞こえました。取り返しのつかない音でした。

若者は鼻息荒く蓋を開けました。

わたしは声が出ませんでした。なぜ出ないのかを知っていました。十五年間一度も巻かれずにいたこと、そして急に勢いよく巻かれたこと、さらに経年劣化もあって、鋼のゼンマイが切れたのです。

わたしはほっとしました。ゼムスの死を知ってすぐに歌う気にはなれません。

若者は「鳴らないじゃないか」とひどく落胆していましたが、おじいさんは「なあに、価値は下がらんさ。下手にいじらず、Fの店へ持って行こう」と言いました。

おじいさんの予想は当たり、Fの店は彼らが払った金の百倍近い金額を気前よくぽんとふたりに支払いました。

Fの店はオーストリアという国の中心部にありました。金持ちや旅行客が立ち寄る立派な店構えでしたが、新品はひとつもありません。奥に修理工房がありました。価値のあるものを集めて、修復して保存し、アンティークとしての価値が熟成したら売りに出すという、ちょっと変わったお店なのです。

物は必ず劣化します。新しいほうが威勢がいいのに、わざわざ古くして売るというのが、わたしにはどうもいまだに納得できないのですが、人はそういうものに余計にお金を払うようなんです。

わたしはFの店に売られた時すでに三十六歳でしたが、店のオーナーは「あと二、三十年は寝かせたほうがいい」と考えました。寝かせると言うのは、「売らない」という意味です。オーナーはファースという名前で三十歳くらいの女性でした。彼女は腕の良い職人にわたしのゼンマイを交換させ、十五年動かさなかったためにぎくしゃくしてしまった機械に油をさして滑りをよくし、毎日のようにわたしを鳴らしました。

ファースの部屋は工房のさらに奥にありました。

店も工房も大きいのに彼女の部屋はこぢんまりとして、ひとり住まいでした。わたしだけではなく、熟成中の絵画や時計や楽器が置いてありました。熟成中というのは彼女独特の言い回しで、腐らせているわけではない、よい未来への時間だと言いたいのでしょう。

彼女は寝る前にそれらを見つめ、話しかけ、使えるものは使ったりしたので、それらはもう商品ではなくて彼女のものなのではないかと思ったりもしましたが、売り時が訪れると彼女は迷わず部屋から運び出し、ショーウインドウへ展示します。そしてそれが高く売れると心からうれしそうにしていました。

わたしは毎日彼女の前で歌いました。歌わされているという思いが強く、ちっとも楽しくはありませんでした。『トロイメライ』のメロディが生きる喜びを表現しているのかそれとも悲しみなのか、わからなくなっていました。わたしは手入れをされていたので美しい声をしていました。共鳴台はありませんでしたが、それに代わるくらいよい棚に置かれて、条件はじゅうぶんでした。なのに、歌はただ良い音色なだけでした。

ファースがわたしを大切に扱うのは、高く売れるからです。自分のものにしたがらないファースにわたしは冷たいものを感じていました。クララも結局はわたしを愛しませんでした。ゼムスもわたしを手放しました。わたしは自分を愛される価値のない音の箱に過ぎないと感じるようになりました。

唯一のなぐさめはすずめです。ファースは価値のある物に囲まれていましたが、不思議と動物に関しては血統書付きの犬ではなく、どこにでもいるすずめを愛していました。小窓を開放して餌を与えていたのです。小窓には柵があり、中には入れないようにしてありました。すずめは窓際で餌をついばみ、わたしのメロディに合わせて一緒に歌いました。すずめはわたしのメロディが好きなようでしたし、楽しそうな姿を見るのはうれしいものでした。熟成中の気の遠くなる年月をすずめがいることでどうにか心をつないでいました。

さてわたしはファースが言うところの熟成期間を終え、ついにFの店のショーウィンドウに飾られました。一番目立つところにはバイオリンがありました。その次に目立つところには宝石でぎらぎらした置き時計がありました。わたしは三番目に目立つ場所に置かれました。どの商品にも値札はありません。お客さんとファースの話し合いで値段は決まってゆくのです。ファースはすっかり歳を取り、おばあさんの入り口でした。

わたしも似たようなものです。

こんな古びたオルゴールを誰が買うのでしょうとなげやりな気持ちでいましたが、わたしは意外にも人気者でした。店を訪れる人でわたしに目を留めない人はいなかったし、誰もがわたしを聴きたがりました。絵を買いに来た人までも、わたしを聴きたがり、聴いた人はみなわたしを欲しがりました。どうやらわたしくらいの年代のオルゴールがもてはやされる時代に入ったようです。

あの小さな工房でこつこつ生きていたゼムスという職人が、まるで偉人かなにかのように扱われているのにも驚きました。J・Sの刻印にみなが注目するのです。死んだあと、こんなふうになってしまうとは。ゼムスに教えてあげたいけど、今は奥さんや子どもと静かに土の中で眠っていることでしょう。

ファースはなかなかのやり手のようで、高い値をふっかけては、相手をしどろもどろにさせて、結局はあきらめさせました。とうとう「その値で買おう」と言い出す客が現れましたが、ファースは「すみません、実はもう少し高い値で欲しがっている人がいまして」と牽制しました。「じゃあわたしはもっと出そう」と客は言いましたが「すみませんがあちらさんには先に手付をいただいてまして」と嘘までつきました。

その客は元貴族でふんぞり返っており、口のきき方も横柄でしたので、わたしは貰われたくありませんでした。だからファースが別の商品（ぎらぎらした時計）を薦め始め、客がそちらに心を移し、とうとう買った時、たいそうほっとしました。

同時に、ファースはなんと業突く張りなのだろうと感じたのも事実です。元貴族が払うと言ったのはかなりの金額でしたからね。そのあと国立の博物館から「ぜひ寄贈してほしい」と申し出がありましたが、ファースはそちらも断りました。そうしてわたしの値段はどんどんどんどん上がってゆきました。

ある日のことです。随分と地味な身なりの男女が店内に入ってきました。

「まあ、素敵なスミレ」と女性が言いました。三十歳くらいでしょうか。

「これはオルゴールだね」と男性は言いました。こちらは四十歳くらいで鉛筆のように痩せています。服装も地味ですが顔も地味な夫婦でした。外国から来たようで、違う言語を話します。わたしは魂で聴き取るのでわかりますけどね。

ふたりは新婚だということでした。旦那さんのほうは片言のドイツ語を話せます。

ファースは背後からそっと近づいて「鳴らしてみましょうか」と言いました。

聴かせてほしいと客が言うまでは放っておくのがいつものやり方なのに、不思議なことでした。

「聴かせてくださるそうだよ」と旦那さんは言いました。

「うれしいけれど、アンティークのオルゴールってきっと高いのでしょう？　聴かせてもらって買えないでは申し訳ないわ」

随分と遠慮深い夫婦で、ふたりは困ったようにもじもじしていました。

ファースはわたしをガラスケースから出してゼンマイを巻き、共鳴台に置きました。

そして奥さんに手振りで「蓋を開けてみなさい」と言いました。

奥さんは蓋を開けました。わたしはどうせ買わない客だと思い、気楽にのびのびと歌いました。

「ようこそおふたりさん。新婚旅行なんですってね。仲がよくて素敵なご夫婦ですこと。どうぞオーストリアをたっぷりと楽しんでいってくださいな」

わたしはいつになく楽しい気分でした。ふたりはすずめに似て、素直なよい聴き手です。うっとりとわたしのメロディに聴き惚れているのが見て取れます。音の良さがわかる耳の良い夫婦でした。歌い甲斐がありました。わたしの歌が終わると、奥さんは涙ぐんでいました。

「美しい音だわ。まるでこんぺいとうが弾けたような、かわいい響き」

わたしはこんぺいとうが何だかこの時は知りませんでした。でもきっととてもよいものだと感じました。

奥さんは「欲しい」と言いませんでしたが、旦那さんの腕をそっと握っていました。旦那さんは恐る恐る値を尋ねました。そしてファースは言いました。わたしは驚きました。それは元貴族に提示した金額の十分の一だったのです。

旦那さんは顔を曇らせました。その値でも、夫婦にとっては難しい金額だったようです。ファースはさらに値を落としました。

旦那さんは「明日のディナーはキャンセルしていいかな」と奥さんに尋ねました。奥さんは「パンを買ってホテルのお部屋で食べましょう。あと、あなた。これを買っていただけたら、わたしはもう一生何にも要りませんわ」と言いました。

そしてファースは信じられない金額でわたしを夫婦に渡しました。

かくゆうわけで、わたしは地味な奥さんの腕に抱かれて飛行機に乗り、日本という国にやってきたのです。

そこは水彩絵の具で描いたような国でした。空も植物も人も色彩があわいのです。

わたしは水彩画の国で、ひかえめで優しい奥さんにたいそう愛されました。毎日歌い、奥さんを微笑ませることができました。奥さんはわたしを買う時に旦那さんに言ったように、わたしよりほかに何も欲しがりませんでした。

こんなに幸せな日が来るなんてわたしは思いもしませんでした。

ゼムスの奥さんが死んだ時の、途方にくれたわたし。クララに捨てられた時の、みじめなわたし。ファースの部屋でむなしい気持ちで歌っていたわたし。それらのわたしを全部集めて「のちにあなたは幸せになるのよ。信じられないでしょうけど！」と教えてあげたい気持ちです。

奥さんはやがて妊娠しました。ゼムスの奥さんの死の記憶があったので、わたしは出産を恐れていました。奥さんは同じようにつわりに苦しみ、体を起こせない日が続きました。そして気を紛らわすようにわたしのメロディに耳を傾けました。

「無事に生まれて。無事に生まれて。お願いだから」

わたしは必死に歌い続けました。

すると願いは叶い、無事赤ちゃんが生まれました。男の子でした。奥さんも無事でした。わたしは有頂天になりました。もしも目があったら涙があふれ、大切な音源を駄目にしてしまったでしょう。旦那さんも喜びました。子どもが生まれたことで仕事に励みができたようで、せっせと働き、赤ちゃんの寝顔を見るのは決まって深夜でした。

奥さんは愛情深い人で、子育てを楽しんでいるようでした。なにせわたしという強い相棒がいましたからね。奥さんが料理をしている最中、わたしが赤ちゃんをあやしました。ゼムスのあの石造りの家でするはずだった子育てを日本の家でわたしは経験したのです。もしもは現実になりました。もしもは未来にあるのです。もしもは希望です。夢は持っておくものですね。

男の子は成長してやがて反抗期を迎えました。特に父親には反抗的で、口論の末にわたしを庭に投げたこともありました。父親を殴れないから、わたしを放ったのです。その時、音源を覆っていたガラスが割れました。息子はわたしの価値がわかっていないようです。奥さんはすぐに修理に出してくれました。

まあそういう、どこのうちにもあるようなヒビもあって、奥さんは時に気を落とすこともありましたが、わたしを聴くと慰められるようでした。旦那さんは仕事人間で、ほとんど家にいませんでしたが、帰宅すると夜遅くわたしを鳴らしてひとり静かに耳を傾けていました。わたしはこの秘密の時間が思いのほか好きでした。

奥さんも旦那さんも静かで真面目であたたかい人でした。わたしも歳を取り、不具合が出ることもありましたが、奥さんはすぐに修理に出し、わたしを大切にしてくれました。

わたしが歳を取ったように、奥さんも旦那さんも歳を取りました。奥さんは病気になり、だんだんと弱ってゆきました。寂しいことでしたが、けして不幸ではありませんでした。夫婦は仲がよく、ゼムス夫婦よりも長い時間をふたりで過ごしていたからです。

それに、息子もそう悪い奴ではありません。母親の入院先にわたしを連れて行き、弱った母のためにわたしを患者さんに配ったり、そんな、いいところのある人間でした。

詫びに菓子折りを患者さんに鳴らし、「ほかの患者さんに迷惑でしょう」と母に怒られて、お

わたしは歌いながら奥さんを看取りました。奥さんが亡くなると、旦那さんも弱ってゆきました。旦那さんはわたしの引き取り手のことで随分と悩んだようです。息子はお眼鏡に適わないようです。わたしも投げられた過去がトラウマで、息子と暮らすのは抵抗があります。わたしはこのご夫婦が大好きでしたから、一緒にお墓に入りたいと思いましたが、旦那さんは遺書を残し、わたしを小さなお店にあずけました。

お店といってもＦの店と違い、わたしは商品として売られることはありません。こ
こはあずかりやさんです。ものをあずかるだけの店なのです。

わたしの持ち主は今も亡くなったあのご夫婦なのです。遺書により、五十年という約束でわたしはあずかりやさんにあずけられています。あずけられた時すでにわたしは百歳をとうに過ぎており、さすがにあともう五十年は保ちません。ここが最後の場所となるでしょう。

ここをわたしの最後の場所と決めたのは亡くなった旦那さんです。狙いはひとつ。お

167　166

そらく旦那さんはわたしに任務を与えたのです。わたしはそれを承知しているつもりです。

さて、あずかりやさんの店主はガラスケースにわたしを入れています。そこが身近な場所だし、お客様にも見えるからです。時々鳴らすという条件であずかったので、約束通りに鳴らします。店主は目が見えません。その分、音には敏感です。わたしを心から楽しんでいるようです。しかしオルゴールについては全くの素人で、畳の上で鳴らすという、野暮な聴き方をします。それでは音が効果的に響かないのです。教えてあげたいけど、残念。あの古びた文机がよい共鳴台になりそうですが、あの上にはいつも分厚い点字本が載っかっていて、わたしの居場所はありません。

店主は耳が良いので、じゅうぶん楽しめているようです。あずかりやさんには社長という名の白い猫がいます。この猫の反応といったらもう、笑ってしまうほど愉快です。お腹を見せてくねくねくねくねくね、踊ります。

実はこの店に初めてあずけられ、店主のてのひらに受け止められた時、わたしにはある感情が芽生えました。今までになかった感情です。

それまで人に愛された記憶が、あふれ出したのです。そしてそれを注ぐ対象が見つかった。そんな気がしたのです。

わたしを最も深く愛したのはゼムスです。そしてその奥さんです。わたしを最も長く愛したのは日本人夫婦です。みなそれぞれのやり方で愛を注いでくれました。

幸せは足し算できるもののように、わたしには思えます。先にどんな不幸があっても、足したものは引かれることはない、そう感じます。

Fの店のファースはどうしてあの金額でわたしを夫婦に譲ったのでしょう？

あの時はびっくりしましたが、日本に来てだんだんとわかってきました。ファースはおそらく最も良い出会いを作りたかったのです。熟成中と言っていましたが、良き出会いにはそれなりの時間が必要だということではないでしょうか。

そしてもうひとつ、最大の謎は、ゼムスがなぜわたしを手放したかということです。これは一番長く解けなかった謎ですが、最近になってようやく見えてきました。ゼムスはわたしに幸せな未来をくれたかったのではないでしょうか。

ゼムスはわたしの生みの親です。親は子を未来へ送り出すものですからね。

幸福な未来をつかんだわたしは今、ゼムス側、つまり親のような気持ちでいるのです。あずかりやさんの店主を幸福にしたい。そう願っているのです。亡くなった旦那さんがわたしに託した任務はそれだと確信しています。

あずかりやさんの店内に美しい音を響かせて、店主の人生をより豊かにすること。

幸いにして店主はわたしの音色を気に入りました。楽しそうにわたしを聴いているのがわかります。わたしは店主の心を癒すだけでなく、店主と外界《がいかい》をつないでいます。店主はお客にわたしを聴かせ、共に音を楽しみ、会話をはずませています。

わたしは動かなくなる日まで、店主の幸せを願いながら歌い続けます。ある日突然ゼンマイが切れたとしたら、心残りはそりゃあありますよ。「せめて文机で聴いてほしかった」と思います。

いつか店主は文机の上にわたしを載せることを思いつくでしょうか。

もしも、そう、もしもですが、文机に置き、わたしの深い音色を聴いたら、彼の心にどのような変化が起こるでしょう？

今日も店主はわたしを畳に置きました。

女子中学生が聴きたそうにしたので、ゼンマイを巻いたのです。その中学生は青い瞳をしており、髪も金色で、ちょっとクララに似ています。一度目は黒い瞳の友人と来て、今日はひとりです。店主は中学生と一緒にわたしの音色を楽しんでいました。もちろん、社長もです。その様子を見ていると、たいそう微笑ましく、このままでもいいかしらと思ったりもします。けどね。

文机、いいえ、ガラスケースでもいいです。あの上で歌えたらなぁ。どんな音色になるのかなぁ。

「もしも」は心残りです。その心残りこそが「夢」ですし、それがこの世に生まれた証《あかし》で、宝物のような気がするのです。

海を見に行く

「では、大学進学希望ということで、決まりね?」

「はい」

「よかった。おとうさんの強い希望があったから、こちらはすっかりそのつもりでいたけれど、本人に意思を確認したことなかったから、一応ね」

柳原《やなぎはら》先生の声は柔らかかった。ほっとしているようだ。たぶん微笑んでいるだろうから、ぼくも微笑んでみせた。

ここは新校舎二階の南端にある進路相談室で、窓からは心地よい風が入ってくる。窓の外には樹齢七十年の桜の木があって、花はすっかり散ったらしく、風が若葉の香りを運んでくる。この桜の幹は太くて、小六の頃は窪塚《くぼづか》と西野《にしの》、そしてぼくの三人で手をつないでやっとだった。今はどうだろう? 高三にもなって「手をつないで測ろうぜ」と言うのは気恥ずかしく、やったことはない。

若葉の香りはいい。花の香りよりも好きだ。

桜はこの学校が建てられる前からあったと聞いている。土地の持ち主が切らないことを条件に、無償で東京の一等地を貸与したそうだ。桜だけじゃない、体育館の脇には樹齢二百年の楠《くすのき》があり、やはりそれも切ってくれるなという条件だ。あるものを削がずに、新しいものを積み重ねてゆく。その精神はこの学校の教育方針に引き継がれて、生徒が個々に持つ特性を尊重しようと、先生たちは根気強く接してくれる。中でもこの柳原先生ときたら、細胞のすべてが真面目という成分で作られているのではないかと思えるほどだ。

「あなたの成績ならば学校推薦で入れる大学がいくつかあるけど」

紙をめくる音がする。ぼくの頭にはすでに大学名が浮かんでいた。推薦枠で進学すればここの卒業生がいるから安心だ。ぼくが所属する陸上部は毎年進学希望者がいて、行きたい大学には先輩たちがいる。

「一般受験で上を狙ってみない？」

この言葉は、ぼくには意外だった。

返事に困っていると、「あらやだ。考えたこともないって顔をして！」と、咎《とが》めるような口調で言われた。

「法の下の平等。授業で習ったでしょう？　教育の機会均等は憲法が保障してるわ。事前に申告すれば、どこだって受験は可能なはずよ」

はず、と言った。はず、で進路を決めろというのだろうか？

「でも先生、社会のシステムはすべて憲法通りというわけではありませんよ」

「そうよね、残念ながら」

柳原先生は素直に認めた。

「でも、権利は獲得していくものじゃないかしら。すでにわたしたちが持っている権利だって、初めに誰かが動いたから、ここにあるんじゃない？」

それはそうだ。ぼくがこの学校に小学部から入ることができ、敷地内の寮に生活しながら通学の苦労もなく学ぶことができたのも、すべては誰かの勇気ある「初めの一歩」のおかげだ。

しかしぼくにとって大学進学は、それ自体に勇気が要るものだ。寮や校舎。この慣れ親しんだテリトリーから出て未知の世界へ踏み出す。それだけでもじゅうぶん冒険なのに、一般受験だなんて。点字受験という特別措置を願い出るのに手続きが必要で、そのために何度か足を運ばねばならない。本人だけでなく、家族もたいへんだ。そして先生も。

受験にエネルギーを費やしてまで、上を狙う意味ってあるのだろうか。そもそも「上を狙う」って何だろう？　視覚障害者は何かと特別扱いされる。偏差値が左右するような社会性、つまり就職活動などの自由競争に巻き込まれる権利があるのだろうか。

「推薦制度を使えばたしかに楽よ。でもたいへんなことにチャレンジするのは意味があることだと思うの。一般受験で上を狙える桐島くんだから言ってるの。受験の特別措置にかかる費用は心配ないわ。国立大学ならば文科《もんか》省が補助してくれる。問題は時期なのよ」

柳原先生はもうすっかり一般受験をするという前提で話を進めている。

「こちらがいくら早く申し出ても、大学側が受け入れると返事をくれるのが十二月なのよ。考えてみて。センター試験は一月でしょう？　少なくとも半年前には返事をくれるべきなの。受験生が志望校を決めてそれを視野に入れた勉強をするには、半年でも遅いくらいだもの」

柳原先生は四十歳で独身だそうだ。声はもう少し若く感じられる。四六時中生徒のことを考えているようだ。自宅から通う生徒がいると、慣れるまで電車の乗り降りに同伴し、万が一にもホームから落ちないように指導するらしい。先生は高等部普通科のクラス担任で、教科は世界史担当、読書部の顧問をしている。ぼくは中学時代に読書部と陸上部を兼部していたけど、今は陸上部オンリーだ。

「あなたには挑戦して欲しいのよ。後輩たちの未来のために」

「受かればいいですけど」

「受かるわよ。あなたなら。どこだって。一般受験の資料は膨大だから、理系か文系かを絞ってから点訳《てんやく》して渡すわね。あなたの成績だとどちらも大丈夫だけど」

「法学部を志望します」

「自宅は東京よね。通えるところが希望かしら」

「なるべくなら、学生寮があるところがいいのですが」

しばらく返事がなかった。変に思われただろうか。

「わかった」柳原先生は小さな声で言った。それから「若いんだもの、自由でいたいわよね」と明るい声で言った。

ぼくは起立し、一礼した。出て行こうとすると、柳原先生は思い出したように「明日は記録会よね」と言った。「二百メートル走だっけ」

「百です。それと走り幅跳び」

「記録更新、がんばってね。それから、来週転校生がくるの。あなたにサポートをお願いしたいんだけど」

転校生？　こんな時期に珍しい。

「校舎の案内をしてあげて。廊下の歩行のルールとか、避難ルートもね」

「わかりました。寮はいいんですか？」

「女子だから。音楽科の河合《かわい》さんが同部屋になるので、寮の案内は彼女にサポートを頼んだわ。クラスは普通科なので教室の移動とか授業に関することはクラス委員の桐島くんにお願いしたいの」

「わかりました」

ドアを開けて退室すると、「よう、ソーリ」と声が掛かった。西野だ。

「進路決めたか？」

「まだこれからだ」

「もう決まってるじゃないか。ソーリは東大法学部に入って、卒業したら政治家になって、三十五歳で最年少総理大臣になって、国連《こくれん》の総会で『春の小川』を英語で歌うんだ。みんなと約束しただろ？」

「約束なんかしていない」

それは中学部の運動会で、玉転がし競技に負けたらやれと科せられた罰ゲームであって、「やる」とは言ってない。「負けるはずはない」とは言った。で、負けてしまった。

それからあだ名はソーリになるし、たまにコクレンと呼ばれる。

「西野くん、おしゃべりしてないで、入りなさい」と柳原先生の声がした。

「お前はどうするんだ?」と小声で尋ねると、西野は「男に二言はない」ときっぱり言って、進路相談室へ入っていった。

ぼくは廊下を歩きながら、西野をうらやましく思った。小学部の頃から「鍼灸《しんきゅうか》科に進み、国家試験を受けて鍼灸師になる」と決めている。「見える奴より優れた触覚を活かせる最上の道」と言い切る。単純だし、正論だ。

そう言えば窪塚も単純な奴だった。「早くうちに帰りたい、かあちゃんの唐揚げが食いたい」そればかり言っていた。思いのほか早く彼は夢を叶えた。病気が彼の願いを叶えたのだ。今は故郷の墓から海を眺めているだろう。

西野と窪塚とぼくの三人の間では「死んだら視力がゲットできる」という信仰があって、まあ、小学部の頃の話ではあるけど、今もぼくはそれを信じている。

音楽室が近づくと、聴こえてきた。音楽科の河合さんのピアノだ。音を聴けば彼女の演奏だとすぐにわかる。ぼくは立ち止まって耳を傾けた。美しい旋律。

彼女のピアノを初めて聴いたのは高一の冬、音楽祭だ。

その音は耳からではなく皮膚から染み込んできた。その日は寒くて講堂は冷え切っていた。ぼくは厚手のセーターの上にジャケットまで着込んでいたけど、そんなものをものともせず、彼女の音はまっすぐにぼくの体に入り込んできた。ぼくだけでなく、みんながそう思ったに違いない。単純王の西野でさえ、隣で洟《はな》をすすっていたもの。泣けてくるほどすばらしいショパンの『ノクターン』だった。

彼女の実家は京都《きようと》にあり、中学時代はフィラデルフィアというところで過ごしたらしい。ぼくのような中途失明ではなく、生まれつき全盲なのだそうだ。彼女の腕は本物で、ポーランドのピアノコンクールで予選を通過したことがあるらしく、ピアニストとして将来を期待されているという噂だ。

京都とかフィラデルフィアとかポーランドとか、彼女の経歴は華やかだ。生徒たちの情報網によるプロフィールなのでどこからどこまでが真実かわからない。残念ながらぼくは彼女と口をきいたことはない。同じ学年だけど、普通科と音楽科は接点がない。運動会と音楽祭でしか一緒にならない。

西野にも内緒だけど、ぼくは彼女のファンだ。素人のぼくが聴いてもはっとするほど、彼女の奏でる音楽はすばらしい。はかなさがありながら芯があり、その透き通った響きで、いとも簡単に人を幸せにするのだ。

ぼくは彼女のピアノに出会うまで、芸術って何かもっと難しい、ともすれば陰気なものに感じていた。けど、芸術とか文学って、ただ単純に人を幸せにするために存在するものじゃないかって思い始めてる。

河合都《みやこ》さん。こっそりとつけたあだ名は幸福のピアニストだ。おそらく彼女はピアノと仲が良い。そして心も姿も美しい人なのだ。きっと彼女は音大へ進む。彼女のピアノをこうして聴くことができるのも卒業までだ。

それにしてもいい音色だ。

彼女がピアノを練習していると、ぼくは耳を傾け、メロディを脳内で点字音符に置き換えながら記憶して、それがなんという曲かをあとで調べる。点字音符をパソコンに打ち込めば、曲名がわかる。ぼくは音楽を小学部と中学部の授業でしか習ったことがないけれど、耳は確かで、音から音符を導き出すことができる。以前は日本のポップスしか聴かなかったけど、彼女のおかげでクラシック音楽に親しみを覚えるようになった。

部屋に戻って調べたら、この日聴いた曲はムソルグスキーの『展覧会の絵』だった。

翌日の記録会は小雨交じりの中始まった。

残念ながら、百メートル走は記録更新できなかった。気を取り直して走り幅跳びの助走の準備を始めた。歩幅を確認していると、雲間から光が差すのを頬に感じた。太陽に歓迎されたと思い、うまくいく気がした。準備は整った。

「桐島、いいぞ」と体育教師の声がして、方向を示すための手叩きが聞こえた。

右足から、強くリズミカルに土を蹴る。
一、二、三、四、五、六、七、八、九！
踏み切り板にぴったり足が合った！

腹から前へ跳び出す！

腕を大きく、背後から上へ、空をつかむように！


目が見えると、踏み切り板が視野に入って自然と歩幅を合わせるため、助走が減速しがちだと聞いたことがある。見ないようにしても、どうしても目に入り、体が対応してしまうらしい。じゃあ見えないぼくらは有利かというと、やはり踏み切り板を意識してしまう。踏み越えてしまうとファウルになってしまう。ファウルを恐れる気持ちが、見えないものを無理に探そうとしてしまうのだ。見えてしまうよりも始末が悪い。

さらには、「こっちだよ」と方向を教えてくれる合図の手叩き。走る方向はわかるのだが恐怖を感じる。日常生活では乗り物や人に衝突しないように、音がするほうを避けて行動する。それが習慣になっており、音へ向かってゆく行為にどうしても恐怖を感じるのだ。ところがこの時のぼくは違った。踏み切り板も音も全く気にならない。

踏み切り板に足を合わせるんじゃない。

ぼくの足の下にあるものが、踏み切り板なのだ。

ぼくは跳ぶ。遠くへ跳ぶんだ。

「もう少しゆっくり歩いてくれない？」

彼女のいらついた声に我に返った。

ここは旧校舎の三階で、ぼくは図書室の前に立っていた。先週、幅跳びで思わぬ記録が出たために、あの瞬間が何度も思い起こされる。正直なところ、転校生の案内係に身が入らない。さっさと済ませて、部活へ行きたい。あの感覚を忘れないよう、何度も跳びたいのだ。

ぼくは普段そんなに冷淡な人間ではないし、この学校では古株だから、新入生の案内役はもう何度もやっているけど、この転校生にはうんざりしていた。

「桐島くんだっけ。歩くの速すぎ。本当に見えないの？　見えてるんじゃないの？」

このように、つけつけとものを言う。

不安なのだろう、声からすると二メートルは離れた場所で、立ちすくんでいる。初めての場所は怖い。でも同情できない。石永小百合《いしながさゆり》という、映画女優のばったもんみたいな名前で、初対面から態度がひどすぎた。

「嫌です、案内は先生がしてください。見える人がいい」

ぼくを前にしてはっきりと言った。目が見えないと耳も聞こえないと思っているのだろうか？　河合さんと同室だと聞いて、親切にしたかったけど、好感度急降下。一瞬にしてやる気が失せた。

柳原先生は叱らない。初対面の態度で見捨てない。それが教師というものだからだ。

「安心して。彼はわたしより長くこの学校にいて、体育倉庫にあるバレーボールの数も知っているし、そのうちいくつがパンクして使えないというのも知っているし、図書室の蔵書は読み尽くして、点字のミスの数も知り尽くしているんだから」

先生も先生だ。それじゃあまるでぼくは融通のきかない神経質な男ではないか。たしかにそういうところはあるけど、それだけじゃない。走り幅跳びの全盲高校新記録という偉業を成し遂げた。

「ここが図書室。これで一応全部まわった」

嫌なことはさっさと済ませよう。ぼくは案内をスピードアップすることに専念した。

「三歩歩いて右に手を置けばドア。入ってみる？」

恐る恐る歩く音、ドアを開ける音がした。石永は最近まで普通校にいて、ある程度の視力はあると聞いている。

「ぼくの姿は見えてる？」

「ぼんやりと」

「付いてこられる？　もし難しいなら、嫌だろうけど、ぼくの肩に手を置くとか、腕をつかむといい」

石永は黙ってぼくの右腕のシャツをつまんだ。そういうふうにされるとシワになるから嫌なんだ。彼女のしゃべり方が石みたいにごつごつしているので、ぼくの脳内に石っぽい顔の女子がごっつい指でぼくのシャツを握りしめている図が浮かんだ。

ぼくはゆっくりと歩きながら、書架の説明をした。

「一般の図書館と同じようにジャンル別になっている。右側が小説の棚、その隣が評論、それぞれのカテゴリの中は作家の名前順になっている。点字と墨字《すみじ》、並べて置かれてある」

「墨字？」

「目で読む文字をここでは墨字と呼ぶんだ。弱視者はそれを拡大機で読む。ちょっとやってみようか」

一冊取り出し、拡大機へ案内する。彼女を座らせ、本を開いて置く。

「読める？」

「うん。この作者の、好き」石永の声は少しだけ明るくなった。

「女子高生に人気があるみたいだね。この作家の作品はすべて置いてある。ここで読む分には手続きは要らないよ。機械も自由に使える」

今切り上げれば、あと一時間は部活に参加できる。

「点字本の説明は必要？」

「点字は読めない」

「見えるなら覚える必要ないよ」

本を書架に戻し、機械のスイッチを切った。あとは彼女を職員室へ届ければおしまいだ。

「戻るよ」と言ったが、彼女はシャツを握ろうとしないし、動こうとしなかった。椅子に座っているのか、立っているのか、気配がつかめない。

「いずれ見えなくなるって」

小さな声が低い位置から聞こえた。まだ椅子に座っているようだ。

「じゃあ、見えなくなってから覚えればいい。そのほうが覚えが早いよ」

「そうなの？」

「覚えないと何も読めないからね。それしか道がないとなれば、できるものさ」

ぼくはそう言いながら、自分の進路のことを考えていた。推薦入学、一般受験、学生寮、帰る家。ぼくにはいくつかの道がある。どれも嫌じゃないし、これだと言えるものでもない。将来は成り行きで決まる。それでいいと思っている。

「ちょっと読んでみてくれる？」と石永は言った。いつの間にか立っている。随分近く、目の前にいるようだ。息苦しい。

「今？」

「今」

ぼくは部活をあきらめて、彼女が好きだという作家の一番新しい作品の点字本を取り出し、今度は広めのデスクへ置き、立ったまま手で読み取りながら、数行を音読してあげた。

「面白そうな話」

彼女はつぶやいた。ラストは肩透かしだけどね。ぼくはこの作家のものはそんなに好きではないけれど、貴重な点字本なのですべて読んでいる。

「借りていく？　墨字のほう」

「今日はいい」

ページを手で触る音がする。

彼女にはわずかながら視力があり、これから失う。あるものを失うのは誰だって不安だ。不便にはなるけど不幸にはならないと伝わればいいなと思う。でもそれは他人が教えることではない。自分で気づくしかない。

「両手で読むのね。速い。そんなに速くて読み取れるの？」

「右手で読みながら左手で次の行を追うんだ」

ぼくは普段もっと速く読む。読書は好きで、あまりに速いため、ここの蔵書はほとんど読んでしまった。もっと遅ければゆっくり味わえた。でも先が知りたくてつい速く読んでしまう。

「点字本は場所をとるから、置ける作品数に限りがある。近所に区立図書館があって、そちらには大活字本や音声データもあるよ」

「使えるの？」

「ここの学生証があれば利用登録できる。簡単だ。登録しておくといい」

「よく使う？」

「わりとね。ぼくはこの図書室の本は辞書と児童書以外は全部読んでしまったんだ」

「本が好きなの？」

「普通だよ。もういいかな」

「うん」

図書室の案内を終えて、職員室のある一階へと移動することにした。避難経路を教えるために外階段を使ってゆっくりと下りた。彼女は少し後ろを付いてくる。

風が心地よい。この階段は日当たりが悪い場所にある。湿気がないから、晴れているのだろう。

「ねえ、桐島くんは全く見えないんでしょう？　杖《つえ》を持たずにどうして歩けるの」

「校内はすべて覚えているからだよ。どこにドアがあって、階段は何段あるとか。空気の移動を肌で感じるから、ドアが開いてるかどうかもわかる」

「足元に何かあって、ぶつかったりしないの」

「その時はころべばいい」

「人とぶつからない？」

「ものと違って人の気配はわかりやすいよ。足音もするし、空気の動きでね。ぶつかることもたまにはあるけど」

「ねえ、少しは見えてるんじゃないの？」

「見えてないよ。校外では杖を使う。杖の使い方にも決まりがあるんだ。下手な使い方をすると危険だし、ほかの人の邪魔になってはいけないからね。そのうち習うよ」

「杖かあ。やだなあ」

「便利だよ。周囲に助けてもらうのに、いい目印になる」

「助けてもらわなきゃ移動できないなんて嫌じゃない？」

ぼくは黙った。彼女の言葉は口に入った砂みたいに不快だ。正直すぎて、気に障《さわ》る。誰だって少しの不服はある。なぜそれを言葉にする？　言葉にしたってどうにもならない。

「桐島くんて格好いいけどなぜかな」

「え？」

「姿勢がいい。どうして姿勢がいいの？」

彼女の言葉は文句と質問で構成されている。うるさくなってきた。

「小学部の頃は猫背だったし、考える時に体を揺らす癖があった。中学部の時に先生に注意されたんだ。いつも見られてるという意識を持ちなさいと。体にものさしが入っていると思って、まっすぐにしていなさいって」

「へえ」

「ここの先生たちはぼくらに期待しているんだ。ぼくたち生徒の中からひとりくらい総理大臣になる奴が現れるかもしれないってさ」

嘘ではない。時々校長は朝礼で言うんだ。公式の場で恥ずかしくない振る舞いができるように教育する、と。

「サミットで猫背や貧乏ゆすりをしてはいけないだろう？　一国の代表者はまっすぐで格好よくなくちゃいけないだろう？」

「でも実際に格好のいい総理大臣なんていないじゃない。くたびれたおじさんばっかりよ」

そうなのか。総理大臣に格好いい奴はいないのか。なぜだろう？　なるまでにくたびれてしまうのだろうか。

「桐島くんって、ソーリって呼ばれてるでしょう？　みんなから期待されてるの？」

「さあね」

「ものさしが体に入ってるから？」

「違う。ものさしが体に入っているなんて、ぼくはどうしても想像できなかった。だから、金魚鉢にしたんだ」

「金魚鉢？」

石永は素《す》っ頓狂《とんきょう》な声を出し、どんっと床を踏み鳴らすような音をたてた。跳び上がったのかな？　ちょうど最後の踊り場にたどり着いたところで、よかった。階段だったら足を踏み外していたかもしれない。あぶないあぶない。この話を終わらせてから階段を下りたほうがよさそうだ。ぼくは足を止め、あえて真面目な口調で話を続けた。

「水がたっぷりと入った金魚鉢が腹の中にあると想像してみたんだ。その水をこぼしてはいけないと意識した。毎日毎日ね。姿勢はそれで鍛えられた」

石永はしばらく無言だった。

「下りるよ」と言うと、黙って付いてきた。一階にたどり着くと校内に戻った。話さないからさっさと移動できる。さっきまでうるさかったけど、あんまり黙っていると不気味だ。もうすぐ職員室だ。任務終了と思ったら、質問が再開した。

「金魚鉢に金魚はいるの？」

石永はぼくの話をすっかり信じているのだろうか。

「いるさ。金魚鉢だもの」

「どんな金魚？」

「赤くて小さいやつ」

「赤って、桐島くん、色わかるの？」

「シッ」

ピアノの音が聞こえてきた。廊下の窓が開いていて、新校舎からの音が届いた。ぼくは立ち止まり、脳内で音を音符に置き換える作業を始めた。シッなどと犬扱いされた石永は石のように怒ると思ったけど、意外にも静かにしていた。聴いているようだ。美しいメロディは石をもうがつ。最後まで聴き終えると、石は言った。

「ベートーベンの『月光《げっこう》』だ」


「転校生とはその後どんな感じだ?」

学食で昼飯を一口食べたら、隣に座っている西野が話しかけてきた。

「ソーリは麻婆豆腐《まーぼーどうふ》定食か。うまそうな匂いだ。そっちにすればよかった。杏仁《あんにん》豆腐ついてたら半分くれよ」

「また味噌《みそ》ラーメンにしたのか。いろいろ食えよ」

西野はずるずるっと、勢いよく麺をすすった。

「いつも思うんだ」

「口にものを含んだまましゃべるな」

「次は違うのにしようと。でも昼になるとまたラーメン気分に戻っちゃう。体質なんだな」

「味噌ラーメン体質か」

「醤油も食う。その時一番食いたいものを食う。それが俺のポリシーだ。で、転校生だけどさ、どんな奴だった？」

「一度校内を案内しただけだから、よく知らないよ」

石もとい石永は不思議と女子受けがよくて、クラスにすんなりと溶け込んだ。教室の移動などすべて女子たちが教えてあげているのでぼくはあれから一度も手を貸してない。あんなに感じが悪い石永を女子たちが快く受け入れるなんて奇妙だ。そのうち一悶着《ひともんちゃく》起こるんじゃないかと危惧している。

「俺、生物の時間に同じ班だったから、ちょっと話をしたけど、感じがよかった」

西野は石についてもっと話したそうなので、少しは合いの手を入れてやろう。

「何を話したんだ？」

「うちどこって聞いたら、長野《ながの》って言ってた」

「それから？」

「それだけだ。いい感じの声だった。長野に行ってみたくなった」

うるさく感じたのはぼくだけなのだろうか。あの時は転校初日で、彼女もいっぱいいっぱいだったのかもしれない。

「透《とおる》！」

少し離れた場所からぼくを呼ぶ声が聞こえた。びっくりした。とうさんの声だ。

「先生に外出許可をもらった。一緒にメシでも食おう！」

とうさんは食堂に入るのを躊躇《ちゆうちよ》しているらしく、入り口付近から大きな声を出している。昼休みは始まったばかりで、食堂では生徒たちががやがやとしゃべりながら食事をしている。音量からすると全校生徒の三分の一くらいがいて、みんな部外者の声には敏感だ。「透メシでも食おう」はみんなに聞こえている。普通に入ってきて、普通に近くで話してくれればいいのに。

西野は麺を口に頰張《ほおば》ったまま「親父さんか」と言った。

こういう時、西野のおかあさんは必ずぼくにも声をかけてくれる。とうさんは外では立派な社会人かもしれないけど、ここでは礼儀知らずだ。

「早く行けよ。麻婆豆腐は俺が引き受けた」と西野は言った。

ぼくは恥ずかしかったので、ただ「うん」と言って席を立った。

西野の家は徳島《とくしま》で農業をやっている。

小五の夏休み、窪塚と一緒にまるまる一ヶ月お世話になった。じいちゃんばあちゃんがいて、妹や弟がいて、いとこやはとこが出入りする賑やかな家だった。じいちゃんは足が悪いけど、トラクターの扱いは上手なのだそうだ。あそこにはいろんなものがごっちゃに存在していて、うまく言えないけど、すべてが開けっ放しで仕切りがなく、目が見えないこともたいした問題ではなく扱われた。

じいちゃんはぼくらを花火大会に連れて行くと言った。ばあちゃんは「見えんのにかわいそう」と止めたけど、「あんなにでかいんだから、見えるはず」とじいちゃんは頑固に言い張った。じいちゃんの気が済まないので、ぼくらは付いて行った。ドーンといとてつもない音は、ぼくら三人の胸に響いた。周囲のざわめき、バチバチバチッと火花が散る音。ぼくらはすっかり楽しくなってわあわあ騒ぎ、帰ってきても蚊帳《かや》の中で「たーまやー」と叫んで笑いころげ、おかあさんに怒られた。

とうさんは校門の前にタクシーを待たせていた。

いきなりだったから、杖を持たずに外出してしまった。連れて行かれたのは空気の流れが全くつかめない広い場所だった。床はじゅうたん、静かな音楽が流れるホテルだ。壁が感じられない場所は空間認識が困難で、途方にくれる。とうさんの腕にすがって移動するしかない。その二階にある中華レストランに入り、席に着いた時はほっとしたけど、一難去ってまた一難。好きなものを頼んでいいと言われてもメニューは読めないし、すべてとうさんに任せるしかない。丸いテーブルで、くるくる回るやつで、それを回しながら、欲しいものを取るシステムだととうさんは説明してくれる。見えなきゃ取れない。全部人にやってもらうしかない。ウエイターは親切そうに、「アレルギーはありませんか」「苦手なものはありませんか」と、とうさんに尋ねる。ぼくの飲み物のオーダーさえ、とうさんに尋ねる。

飲食店でも衣料品店でも、店の人はたいてい目が見えるほうに話しかける。この問題について、クラスのみんなと話し合ったことがある。一時間近く話し合った結果、差別ではないという結論に達した。見える人にとって、アイコンタクトは習慣のようだ。目と目が合った時に、「話しかけていい」という合図になるらしい。アイコンタクトができない盲人には話しかけにくいのだ。だから「話しかけてくれ」という合図をこちらから送れば問題は解決するというわけだ。

ぼくはウエイターに「すみません」と声をかけてみた。すると「はい？」と返事がぼく宛にきた。ウエイターは今ぼくを見ているはずだ。合図成功。喜んだ途端、奇妙な間《ま》ができてしまった。話しかけて欲しかっただけで、こちらから言いたいことはないのだ。でもウエイターはぼくの次の言葉を待っている。テーブルの上に何があるのかわからない。咄嗟に「麻婆豆腐ください」と言ってみた。ウエイターは「承知しました」と言って、ぼくの前にそれらしきものを置いてくれた。

それは麻婆豆腐に違いないのだろうけど、想像と違う味だった。一口食べただけで唇や舌がしびれるほどの辛さなのだ。唐辛子《とうがらし》パウダーの缶がひっくり返って、一缶ぶんまるまる入ってしまったかと思うほどだ。

ウエイターが見ているかもしれないので、いかにもうまそうに食べた。一口食べるたびに水を飲んだ。水はなくなると注がれた。湧《わ》いてくると思えるほど迅速《じんそく》に注がれた。おそらくみんながぼくに親切にしようと精一杯やってくれているんだ。だからぼくもそれに一生懸命応えた。おかげで水っ腹になってしまい、デザートの杏仁豆腐がなかなか減らなかった。

とうさんは東京に本社がある会社に勤めている。半年前から北海道勤務になった。今日は本社の会議に出席するため出張で来ているらしい。

「家は使わないとすぐに駄目になるな」ととうさんは言った。「久しぶりに家に入ったら、雨漏りしていて、畳がカビてた」

どこの畳だろう？　店の小上がりだろうか。居間だろうか。

「いつ東京へ戻れるの？」と尋ねたら「自分で決められないことだ」と返ってきた。とうさんはぼくより三十も年上なのに、住む場所さえ自分で決められないのだ。大人になれば自由になれるというものでもないようだ。

「食べ物はうまいし、景色はいいし、住みやすいところだ。とうさんは向こうで暮らし始めて五キロ太った」

それは腕をつかんだ時に気づいた。とうさんはサバを読んでいる。八キロは増えていると思う。太ったということは、幸せなのだろうか？　不健康なのだろうか？

それからとうさんは「あったかいお茶でも頼むか」と言い、「とうさんは珈琲《コーヒー》にする」と言い、「家を処分しようと思う」と言った。

ぼくはふいに気分が悪くなった。たぶん水に酔ったのだ。

「柳原先生に聞いたんだが、一般受験するそうだな」

「決めたわけじゃない」

ぼくは悪い気分に乗っ取られまいと、やっとの思いでしゃべっていた。

「いろいろ手続きが必要で、たいへんそうなんだ」

気分が悪いせいか、面倒な手続きなどやってられないという気持ちになってきた。ところがとうさんは元気いっぱいだ。

「とうさんにできることはすべてやるから、挑戦したらいい。学生寮がある大学を希望しているそうだな」

「それは、通学に便利だと思って」

「そうだな。賛成だ。それを聞いて家を処分することに踏ん切りがついた」

ぼくはもう吐きそうだった。水じゃなくて家だ。家を処分するという言葉がぼくの具合を悪化させるのだ。西野が昼になるとラーメンを食べたくなる体質であるように、ぼくは家を処分するという言葉に気が滅入る体質なんだ。

「もともと透はうちをあまり好きじゃなかったよな」

とうさんは珈琲を注文しようとしてウエイターを探しているのだろうか、ぼくの顔色に気づかない。

「正月くらいしか戻ってこないし、夏休みもほとんど顔を見せないしなあ」

好きじゃないとか、そういうことじゃないんだ。

「先祖から引き継いだ家だ。とうさんは長男だし、どこか責任みたいなものを感じて暮らしていたけれど、もう店もやってないし、家族もいないんだから、所有している意味もない。売って学費に回そう。海外留学もしたらいいぞ。バリアフリーのマンションを買ってもいい」

「あそこを売ったら、どこへ帰ればいいのさ」

「だから、マンションを買おう」

「ぼくじゃない、かあさんが帰る場所だよ」

とうさんは黙ってしまった。ぼくはしいんとした空気をどうこうできるほど元気じゃなかった。吐き気に耐えながら、どうにか時間をやり過ごしていた。よそのテーブルで皿やグラスが触れ合う音がする。たぶんもう、ウエイターは近くにいない。とうさんとぼくだけ、とうさんとぼくだけ。とうさんとぼくだけの世界。

「かあさんは帰らないよ」

とうさんは嚙みしめるように言った。

桐島家は三代続く和菓子屋だった。とうさんは和菓子屋を継がず、サラリーマンになった。とうさんの代わりにかあさんが和菓子屋を引き継いだ。ふたりがどうやって知り合って、そういうことになったのか、ぼくは知らない。知りたいと思う頃にはかあさんはいなかったし、とうさんには聞けない雰囲気があった。

あれは小学校に上がる前の年だったと思う。ぼくはかあさんが運転する配達用の軽トラックの助手席に乗せてもらい、事故に遭った。

病院で意識が戻った時、とうさんの声やお医者さんの声、看護師さんの声が聞こえた。かあさんの声はなかった。でもかあさんはいたんだ。ぼくの手を握りしめていたのは、間違いなくかあさんの手だった。寝ていた間もずっとその手はあったと思う。かあさんは喘息《ぜんそく》持ちだから、夕方になると咳をする。夢の中でその咳を聞いた記憶があるんだ。シャンシャンシャンと心地よいリズムで、小雨が降っているような、そんな音。だからずっと病室にいてくれたとわかった。

でもぼくの意識が戻ってから、かあさんは一度も声をかけてくれないので、いないような気もした。ぼくはもう目でかあさんを見ることができなかったので、声を聞きたかったのだけど、「かあさん」と呼んでも、返事をしてくれなかった。ただ、ぼくの体を丁寧に拭き、ぼくの手を握ってくれた。そしてとてもとても悲しんでいた。てのひらから伝わるんだ。声が出せないくらいに落ち込んでいるのが。

ぼくは「金魚に餌をやってよね」と言い出せなかった。

店に来たお客さんが「祭りですくった」と言ってぼくにくれた三匹の金魚。金魚鉢で飼い始めてすぐに二匹が死んでしまって、一匹赤いのが残った。ぼくが餌をやる係だった。ぼくの金魚だ。入院している間に餓死《がし》しちゃったらどうしようと心配だった。

どのくらい経ってからだろうか、ぼくは退院した。真っ先に調べたけど、いつも置いてある場所に金魚鉢はなかった。死んだかどうか聞くのが怖くて「誰かがあずかってくれている」と思うことにした。

ぼくはかあさんが用意してくれていたランドセルを背負うことなく、とうさんが見つけてきた盲学校へ入った。学校にはすぐに馴染めた。夏休みに家に戻ると、店はもうやってなくて、かあさんはいたけど、声も聞けたけど、「ごはんよ」とか「おふろよ」とか、必要なことしかしゃべってくれなくて、よそよそしかった。

学校のことを話したかったけど、かあさんの心がつかめなくて、話せなかった。その頃のぼくは見えない世界に慣れるのに気を取られていたし、かあさんのことを突き詰めて考えられなかった。

学校に戻るとほっとした。友達もできてどんどん楽しくなった。学校にいるとぼくは特別な存在ではなくなり、好きに振る舞えた。冬休みになって話したいことがいっぱいあったけど、家では時間が止まっていて、かあさんはまだ悲しんでいるようだし、とうさんもぼくを特別扱いするしで、つまらない。なんだか家に帰るのが億劫《おっくう》になった。だから春休みは戻らなかった。夏休みも冬休みもできるだけ寮にとどまって、帰らないようにしていた。

そのうちかあさんはいなくなった。ぼくはまだ九歳とか、そんな年齢だった。初めはたまたま留守なのだと思った。次に帰った時にもいなくて、その次にもいなかった。とうさんにあれこれ尋ねてはいけないとぼくはそこだけは承知していて、でもそのうち帰ってくると信じていて、そのまま七年が経ってしまった。

ぼくが帰ろうとしなかったから、かあさんが傷ついたのだろうか？　ぼくは家を嫌っていたわけじゃない。帰りたかったけど、どう振る舞ったらいいかわからなかったんだ。

ぼくは小さく深呼吸をして、言った。

「かあさんのせいじゃないんだ」

「何のことだ？」

「あの時、猫が横切ったんだよ。見えたんだ。ぼくはだから、猫だよって叫んだ。かあさん、危ない、猫だよって。かあさんは気づいてなかった。ぼくが教えたから気づいて、急ブレーキを踏んだんだ」

記憶はそこまでしかない。後続車に追突され、小さなぼくは頭からフロントガラスに突っ込んだと聞いている。幸い後続車に怪我人はいなかったそうだ。

「ぼくが教えなかったら、かあさんは猫を轢《ひ》いていた」

そしてぼくはランドセルを背負ってみんなと同じ学校に通っていただろう。

とうさんは黙ってしまった。

「猫を轢かなくてよかったとぼくは思ってる」

とうさんは何も言わない。

「かあさんはじき帰ってくる」ぼくの声は孤独にぽつんと宙に浮いてた。

とうさんはウエイターを呼んで会計を済ませた。そしてタクシーにぼくを乗せ、学校まで送ってくれた。別れ際にこう言った。

「とうさんだったら、猫を轢いた」と。

ああ、そうなのか。ぼくは悟った。ふたりは離婚したのだと。とうさんはかあさんを許せなくて、かあさんは自分を許せなくて、離婚したんだ。そういうことは想像できたはずなのに、ぼくはたった一度もそういうふうに考えたことはなかったんだ。

下駄箱で靴を履き替える時、ぼくは少し泣いた。ふたりがぼくを不幸だと決めつけていることがくやしかったのだ。

あの人たちは知らないんだ。ぼくの足の下には踏み切り板があるということを。「あるある」と叫んでも、きっとあの人たちには見えないだろう。

証明しなくてはいけない。何年かけてでも。

図書室の窓を開けて、本を読んでいた。今日は気温は高めだけど、風は涼しい。

昨日一学期の期末試験が終わった。終業式まで授業はない。受験に集中するために部活は引退した。

ぼくは一般受験をすることにした。目標は東大法学部。国内の文系で最も偏差値が高い。合格すれば柳原先生の言う「後輩たちの未来のために」なるだろうし、とうさんはきっとぼくを誇りに思う。ゆくゆくは総理大臣になって、ぼくが不幸ではないと証明してみせよう。国会中継でかあさんはぼくの成功を知ることだろう。

今日は午前中をたっぷり受験勉強にあてたので、午後は三時までお気に入りの小説を読むことにした。試験が終わったばかりの図書室は誰もいない。独り占めできて贅沢な気分だ。

ピピピピピー、セットしておいた腕時計のアラームが鳴った。最新式の音声時計だ。東大を受けると伝えたら、とうさんが送ってくれた。

もう三時か。読み始めるとあっという間に時間が過ぎる。いいところなのに。章の終わりまで読んでしまおう。先が知りたいわけじゃないんだ。知っているもの。この小説を読むのは三回目だ。本は繰り返し読む。点字本は数が限られているからそうするしかないのだけど、再読するたびに好きになる本もあって、これもそのひとつだ。

「受験勉強?」

いきなり背後から石の声が飛んできた。悪いことをしていたわけではないけど、ぎくっとした。本を読んでいると聴覚が鈍り、人が入ってきても気づかないことがある。

いったいいつからいたのだろう?

石永はぼくが開いてた点字本を断りもなく引き寄せ、てのひらをページに載せた。指と指が触れた。ぼくが悪いわけではないのに、あわてて手を引っ込めてしまった。

「こ、う、さ、く?」

少しは読めるようになったようだ。でも態度の悪さは相変わらずだ。彼女のしゃべり方はなんというか、いきなり石をぶつけてくるような乱暴さがある。

「小説だよ」

「なんていう小説?」

ぼくは不愉快を伝えるために返事をしなかった。

「やあだ、言えないってことは、いやらしい小説?」

「井上靖《いのうえやすし》の『北の海』だ」

あわててしゃべってしまった。石に操られている。しっかりしなくては。

「海? いいな、ロマンチック。読んでみようかな」

「長いし、そういう話じゃないから」

「そういうって?」

ロマンチックという言葉は少女じみている。口にするのは嫌だ。

「楽しい話じゃないから。女子が読んでも面白くないと思う」

「やっぱりいやらしいんじゃないの?」

石はぼくをやりこめたいだけなのだ。面倒くさいので「そうかもな」と言っておいた。

自分は好きなのに、人に薦めるのを躊躇する本ってある。この小説は井上靖の自伝的小説『しろばんば』『夏草冬濤《なつぐさふゆなみ》』の続編で、親と縁が薄かった洪作《こうさく》が受験に失敗して浪人生活を送っている時の話だ。勉強しなくちゃと思いながらも身が入らず、柔道ばかりやって日々に流され、うだうだしている。もどかしい奴だけど、うまく立ち回ろうとしない人柄に誠実さを感じる。親との距離感は自分にも似たところがあり、読んでいると気持ちがやすらぐのだ。きっと強くて正しくて単純な人間は、洪作のうだうだを理解できない。ただ呆れるだけだろうと思うと、人に薦める気になれないのだ。

「明日、外出許可をもらったんだ」

石永は楽しそうだ。受験をしないのだろう、夏休みまでを遊びながら過ごし、夏休みも遊びながら過ごすのだ。余裕だなとぼくは思った。

「柳原先生、即ＯＫくれた。やっぱりクラス委員は信頼が違うよね」

「どういうことだ?」

「ソーリと一緒って言ったからね。わたし」

「ぼくが?　石永と?　どうしてぼくが?」

「河合さんも一緒なんだけど」

かぁっと、のぼせた。幸福のピアニスト。そうだこの石は彼女と同室なんだ。油断ならない。胸がどきどきしてきた。聞こえなければいいけど。

「すぐそこのね、区立図書館で利用登録の手続きをしたいの。河合さんも登録したいって。ソーリは登録済みだって言ってたじゃない。わたしたちふたりを案内してよ」

ぼくはたぶん今顔が赤い。彼女には見えないと思うが心配だ。こいつ、いい加減にしろよ。河合さんという素敵な人参をぶらさげて、男子を顎で使うなんて卑怯《ひきょう》だ。

「目が見える人がいいんじゃないのか？」

冷静を装って皮肉を言ってみた。

「いいのいいの、目が見えなくて。わたしが見えるから、ぼんやりとだけど。でも杖は持ってきてね。わたしはまだ使いこなせないから」

ぼくは呆気《あっけ》にとられてしまい、一方的に約束の時間と場所を決められてしまい、「わかった」というほかなかった。石が去ったあと、窓の外から部活の声が聞こえてきた。みんな走ってる。跳んでる。ぼくも走りたい。跳びたい。

しかしこうしてはいられない。東大法学部を卒業して総理大臣になるには、まず東大法学部に合格しなければならない。何をおいても勉強だ。明日の分まで勉強を進めておかなければならなくなった。『北の海』をあきらめて英単語を覚えた。

集中したら部活の声は聞こえなくなった。あっという間に閉室時間になってしまい、寮へ戻る途中で柳原先生に呼び止められた。

「勉強進んでる？」

「はい」

「東京大学は点字受験が可能ですって。必要な手続きは終業式の後に伝えるわ」

「ありがとうございます」

「桐島くん、なんだか余裕ね。落ち着いてる」

「そんなことはないです。必死ですよ」

「明日、石永さんと外出ですってね」

突然、柳原先生はからかうような言い方をした。

「なんか、図書館の登録が、したいって」

ぼくは日本語が乱れ、しどろもどろになった。

「車に気をつけてね。必ず門限を守ること」と柳原先生は言った。

大袈裟だなとぼくは思った。門限は七時だ。近所の図書館に行くのにそんなに時間はかからない。「はい」と返事をすると、ポンと肩を叩かれた。

寮に戻って西野の部屋へ行くと、寝込んでいた。

期末テストが終わると決まって熱を出す。明日の外出に誘って石永と話すチャンスを作ってやろうと思ったけど、無理のようだ。徹夜でがんばるからこうなる。日頃から備えておけばいいのに。冷たいウーロン茶を差し入れて「知恵熱か」とからかってやった。「寝ながらラジオ聴きたいんだけどイヤホンどこだっけ」と言うので、引き出しの二番目から取り出して渡してやった。西野はものを置いた場所を忘れて、すぐにないないと騒ぐので、彼の部屋にあるものはすべてぼくが整理して覚えている。すごく大事なもの、たとえばＣＤなどは、「うっかり踏んで割れたら嫌だ」とぼくの部屋へあずけにくる。西野はぼくの脳を信頼し、あてにしている。窪塚もぼくをあてにしていた。今は全く手がかからないけど。

ふと心配になって、西野の額を探して手を当てようとしたら「駅長さん、痴漢です！」と手を払われた。その手は熱かったけど、高熱というほどじゃないとわかってほっとした。明日の服の相談をしたかったが、言い出せなかった。

翌朝、指定された午前十時に正門へ行くと、とっくに来ていたらしい石永に「河合さんはピアノの練習するって」と言われた。

してやられた。人参が疑似餌《ぎじえ》である可能性を想像するべきだった。ぼくときたら、ちらとも疑わなかった。こんなに騙されやすくては外国との交渉は無理だし、総理大臣にはなれそうにない。

無言で門を出ると、石永はぼくの右腕をつかんだ。だからぼくは左手に杖を持った。嫌いな相手でも方向と歩調を合わせないと危ないのでしかたなく口をきいてやる。

「この道はまっすぐだ」

すると石永は「そっちじゃない」と言った。「駅へ行く」と言うのだ。

「どうして駅へ行くんだ。図書館へ行くんじゃないのか」

「これから海を見に行く」

「何を言ってるんだ」

「図書館なんてひとりで行けるわよ。海だから相棒が必要なのよ」

「ぼくは君の相棒じゃないし、海だなんて」

「長野には海がないの。海、見たことないのよ。完全に光を失う前に、海を見ておきたいの」

石の奴、こんなに勝手を言っておいて、それを当然の権利とばかりに主張する。

ぼくだって海を見たことがない。かあさんはいつも忙しかったから海水浴の経験がない。遊園地も行ったことがない。スキーだって経験ない。予告なく光を失ったから、さっぱりしたものだ。彼女のようにじわじわとくる闇って、どんな感じなのだろう?

わずかでも光があるって、希望があるってことなのだろうか。じゃあ闇は絶望なのか？　ぼくは別に絶望なんかしちゃいないけど。

しかたなく左方向へ歩き始めた。彼女はぴたりと付いてくる。駅まではぼくらの足で十五分くらい。彼女は「ありがとう」を省略した上に「海ならどこでもいいってわけじゃないの」とさらにずうずうしいことを言い出した。

「鎌倉の由比ヶ浜《ゆいがはま》ってところがいい」

ぼくは呆れたけど、足は止めなかった。とにかく今は少しでも前へ進むのが最善のことと思うからだ。柳原先生の「門限を守ること」が頭によぎる。

それにしても石永の石っぷりは見事で、評価は下げ止まらない。

「なぜ鎌倉なんだ。もっと近い海じゃ駄目なのか」

「小さい頃にパンフレットで見たのよ。綺麗な海だった」

「時間がかかるよ」

「横須賀《よこすか》線《せん》っていうので行けるらしい」

「いや、ここからならまず有楽町《ゆうらくちょう》線で池袋《いけぶくろ》に出て、ＪＲ湘南新宿《しょうなんしんじゅく》ラインで鎌倉へ行って、そこから江ノ電《えのでん》だ」

ぼくは幸い鉄道に詳しかった。関東近県の路線図はすべて頭に入っている。西野とよく鉄道の旅の計画を立てた。シミュレーションだけで、実際に行くことはなかった。ぼくも西野もここぞという場面では臆病なんだ。

駅には点字ブロックがある。利用の仕方は小学部時代から授業で叩き込まれた。杖の先でも、足の裏の感覚でも情報が読み取れるのだ。頭に鉄道路線図があり、駅に点字ブロックがあれば、なんとかたどり着けるかもしれない。とうさんがくれた腕時計をしてきてよかった。時刻は重要な情報だ。

「江ノ電って何？」石は鉄道に詳しくないようだ。

「由比ヶ浜という駅がある」

「そこに行ける？」

「行けるはずだ」

「はずって、何。頼りないな」石永は不服そうだ。

進路相談室での会話を思い出した。「はず」と言う側は案外確信を持っているんだと気づいた。そして言われるほうは不安なのだ。

「必ず行ける」とぼくは言い直した。

その十分後、ぼくは駅構内で点字ブロックを探しながら途方にくれていた。なかなか見つからないし、見つかっても人が歩いていてぶつかるし、物が置かれて情報が途切れてしまい、役に立たない。点字ブロックという名前自体、前から変だなと感じていた。だって点字が打ってあるわけじゃないのだから。正しくは視覚障害者誘導用ブロックといい、誘導ブロックと警告ブロックの二種類がある。つまり「歩いていい」と、「注意しろ」しか教えてくれない。慣れたルートでは使いこなせるのだけど。こんな日が来るとわかっていたら、西野と旅をしておけばよかった。

駅を使うのは初めてではないんだ。しかし実家へ行く時の決まったルートしか利用しないし、ぼくの脳は記憶は得意だけど、応用があまりきかない。

「すみません！」

突然、石永は声を張り上げた。

「有楽町線で池袋に出るには、どの電車に乗ればいいですか？」

大きな声ではっきりと言った。するとすぐに「わたしもそれに乗るから一緒に行きましょう」と女性の声がして、その女性が石永と手をつなぐか腕を組むかしてくれたらしく、ぼくは石永に腕をつかまれているので、三人でずるずると移動し、なんとか電車に乗れた。

「ありがとうございました！　降りるのはできます」と石永は言った。

さわやかで、さっぱりとして、感じが良かった。どうやら石永はぼく以外の人間にはおおむね感じよくしゃべれるようだ。ぼくはと言えば、女性ふたりの手際の良さに感心し、礼を言うのを忘れ、寝ぼけたタイミングで頭を下げた。

池袋に着くと大勢の人が降りた。ぼくらも流れに乗ってなんとかホームへ降りた。

彼女はすぐに「すみません！」と人に声をかけ、乗り換えの説明を受けた。躊躇なくどんどん質問するのだ。石を投げるようにぽんぽんと声をかけ、すると欲しい情報がすんなり手に入る。けれど彼女は記憶力はいまいちで、「次は右へ曲がるって言われたっけ、左だっけ」とすぐに忘れてしまう。ぼくは説明を一言一句忘れなかった。

そういうわけで、彼女が質問し、ぼくが記憶するというチームプレーでどんどん先へと進み、どうにか鎌倉にたどり着いた。車中は全く会話をしなかった。アナウンスを聞き逃してはならないからだ。

以前「助けてもらわなきゃ移動できないなんて嫌じゃない？」と言った彼女が率先して人に助けを求め、ぼくと言ったらただの記憶係だ。ぼくはそのことがおかしくて、車中で急に噴き出しそうになったけど、必死にこらえた。

電車から降りるや否や石永はほっとしたように「お腹がすいた」と言った。ぼくもだ。人の流れに乗って改札を出ると、ぼくらは全く同じことを考えていた。

「右手方向にハンバーガーショップがある」

それは匂いでわかった。ぼくらは鼻を使ってショップにたどり着いた。

「入り口はこっちみたい」

彼女の目がぼんやりとでも見えていることが、外ではかなり役に立った。

彼女は長野で友人たちとしょっちゅうこういう店に入っていたらしく、手際よく自分の分を注文した。ぼくは西野と学校の近くのハンバーガーショップに入ったことが何回かある。その時と同じものを頼んだ。チーズハンバーガーとフライドポテトとチョコレートシェーク。西野は麺類が好きなのだが、「後学《こうがく》のために」と時々ぼくを喫茶店やこういう店に誘った。「後学」というのはもちろんデートを指すのだが、ひょんなところで役に立った。

お腹が満たされると、落ち着いた。

「鎌倉まで来られたね」と石永ははずんだように言った。

出会った当時は石のようなごつごつした顔だと思っていたけど、もう少し柔らかい感じかもと思い始めた。石にしても、つるつるの丸い石かもしれない。

ぼくが点字ブロックをうまく見つけられなくても、乗り継ぎでおろおろしても、彼女はいらつきも怒りもしなかった。彼女が石をぶつけてくるのは、たいてい、ぼくに余裕がある時だ。彼女はちゃんとぼくを見ていると感じる。とうさんのほうが視力がいいのに、彼女のほうがぼくをわかっているような気がした。

だからぼくは彼女に自分の希望を言ってもよいと判断した。

「江ノ電に乗って由比ヶ浜で降りるまでは、ぼくにやらせてくれないかな」

「人に道を聞かないってことね？」

「聞くのが嫌ではないんだ。石永が聞いてくれたので助かった。でもここから先は試してみたいんだ。後学のために。迷ったらぼくが人に聞くよ」

「わかった」

江ノ電はＪＲの駅舎と隣接していたので乗車に苦労はしなかった。乗ると三分で由比ヶ浜に着いた。駅の周辺は点字ブロックがあるにはあったが、行く方向の指示はない。慣れた場所では有効だけど、初めての場所では使いにくいとあらためて感じた。有効ではない、と身をもって知るのも後学のためだ。

ぼくは自ら声を出し、駅員らしき人に浜の方向を尋ねた。石永は何も言わないでくれた。教えてもらった道には点字ブロックがあったし、ブロックが途絶える頃には潮の匂いがして、方向がつかめた。

石永はぼくの右腕をそっとつかんで付いてきた。ぼくが迷って立ち止まると、「こっちかな」とか「このままでいいみたい」と口を出すけど、人に尋ねることはしなかった。

潮の匂いがだんだん強くなる。それはかなり心強い誘導だ。

やがて浜へ出た。砂浜だ。

それは足が感じた。走り幅跳びで着地する砂場の感覚に似ている。しかしそれが広く一面に続いていると想像するのには少し時間がかかった。しだいに歩きにくくなった。足がもたつく。スニーカーに砂が入る。音がする。波の音だ。

石永はしゃべらなくなった。

ぼくの腕を離し、ひとりでどんどん行ってしまう。見えるのだろうか。海が。

ぼくはスニーカーと靴下を脱いだ。このほうが歩きやすい。でもここには下駄箱がない。砂浜に置いてしまうと永遠に見つからないような不安があったので、靴下をズボンのポケットに突っ込み、スニーカーは杖を持ってないほうの手にぶら下げた。

暑くはなく、肌寒さを感じる。潮風のせいか。

ざぶう、ざぶうと波の音が聞こえる。海を見に来た。いや、ぼくは見えない。石に海を見せに来た。そして、できたのだ。ぼくはじんわりと達成感を味わっていた。

しばらく歩くと髪を感じた。石永が立っているようで、長い髪なのだろう、風で後ろになびき、ぼくの頬に触れた。

石永は立ち止まっていた。ぼくが追いついたのがわかると、「見えない」と言った。

「もっと近づけば見えるんじゃないか」

「うん、もっと近づいてみる」

「ぼくは靴を脱いだ」

「わたしも脱ぐ」

石永はしばらくもぞもぞしていたが、やがてまた歩き始めた。

「歩きやすいし、気持ちいいね」

「手がふさがるから面倒だけどね」

「手？」

石永は砂の上に靴を置いてきてしまったようだ。

「大丈夫」ぼくは彼女を安心させようと思った。

「まっすぐに歩いて、まっすぐに戻ればいいさ」と言ったけど、実は少し不安だった。

「一緒に捜せば見つかるさ。それより、海だ。見えないか？」

海を見せに来たのだ。見えてくれないと困る。

「見えない」

「もう少し近づこう」

石永は前へ進もうとしている。ぼくは彼女の横に並んだ。足の下の砂はだんだんと湿り気を帯び、固くなり、歩きやすくなった。

「おっ！」

「きゃっ！」

ぼくらは突然足に波を感じた。それはすーっとやってきてぼくらの足を通り過ぎ、すぐにまたすーっと引き返し、すると足の下の砂が崩れた。波は浅くて、くるぶしまでが濡れた。ぼくは足の下が崩れる感覚がおかしくてたまらず、夢中になった。波はやってきては引いた。忘れずに足の下の砂を持って行くのだ。くすぐったい。もう一度、もう一度と試す。

「見えない」と石永は再び言った。

「もう少し近づこう」

ぼくは杖を脇に挟み、空いた手で彼女の腕をつかんだ。思いのほか彼女の腕はほっそりとしていた。躊躇する彼女を前へ進ませようとした、その時だ。

「ちょっと、あなたたち！」

背後から女性の声がした。おばさんとおばあさんの間くらいの女性の声だ。咎めるような声。ぼくらは何かいけないことをしたらしい。すぐに足を止めた。

「戻ってきなさい！」女性は声をかぎりに叫んでいる。

「早く！　こっちよ！」

ただならぬ様子に、ぼくらはあわてて乾いている砂の上に戻った。

その人は近くに住んでいる人で、ぼくらが東京から海を見に来たと話すと、「やだ、心中かと思うじゃない」とけらけらと笑った。

「海開きはしたんだけど、このところ寒いから、海水浴はできないし、人もいないのよ」

なるほど人の気配がしないのは、寒いからか。

石永は念願の海に来てから、口数が少なくなった。見えると思ったのに、見えないからだろう。へこむのはわかる。

「うちね、すぐそこなのよ」話好きのおばさんだ。「庭に蜜柑の木があって、冬になるとすっぱい実がなるの。売ってる蜜柑は甘いのばかりだけど、蜜柑はすっぱくなくちゃね。あなたたち冬にまたきなさいな。ごちそうしてあげるわ」

「ありがとうございます」

石永が何も言わないので、ぼくが言った。

その人が立ち去ろうとすると、やっと石永が口をきいた。

「あの、今、海はどんな色をしていますか」

その人は戻ってきた。そしてしばらく黙っていた。ぼくは頬の感触から、日が差してないことはわかっていた。雲が厚いのだろう。海も灰色なのかもしれない。嘘でいいから、青いと言ってくれないかとぼくは願った。

その人はやっと言葉を見つけたように言った。

「美しい色をしているわ」

そしてその人は行ってしまった。

それからぼくらは石永の靴を捜すのに手間取った。ぼくは両手を空けるために自分のスニーカーを履いてしまうことにした。足は砂まみれで強く払っても完全には取れなかったけど、無理矢理靴下を穿き、スニーカーを履き、膝をついて這いながら彼女の靴を捜した。石永はぼくの杖で砂をつついて捜した。結局、ぼくが見つけた。女子の靴って小さいんだなと思った。彼女はなくさないように、すぐに履くと言った。気持ち悪いだろうに、文句を言わなかった。

ぼくらは疲れて、乾いた砂の上で座り込んだ。しばらくして彼女は神妙な声で問うた。

「美しい色って何色だと思う?」

それはぼくも考えていた。靴を捜している間もずっとだ。

「人によって色は違うかもしれない」とぼくは答えた。

「でも、きっとぼくらの前にあるのは、美しい海なんだよ」

ぼくは海があるほうに顔を向けて言った。波の音が心地よく胸に響く。

彼女はおそらく同じように、海に顔を向けながら美しい色を想像しているのだろう。

ぼくらはしばらくの時間、海の色を想像しながら、波の音を聞いていた。

ふいに石永は「わたしの顔、触ってみる？」と言った。

ぼくはどきっとした。実をいうと、ずっと触ってみたかった。どういう顔をしているのか知りたかったのだ。でも手が砂まみれだし、「いいよ」と辞退した。

「わたし、海を見られたから、お礼に顔を見せてあげる」

彼女はぼくの手を捜し当てると、自分の顔に持っていった。ぼくの指先が分厚いレンズに当たった。彼女はメガネをはずした。ぼくのてのひらが彼女の額と頬、鼻に触れた。砂が入らないように彼女は目をつぶっていた。ぼくのてのひらは、ただもう驚いていた。

「君、石永だよね？」

彼女はうんと頷くとぼくの手を乱暴に払い、「もっと親切にしておけばよかったとか、思ってるんでしょう？」と皮肉を言った。

彼女はすっかり石に戻ってしまったけど、ぼくはその言い方にもう騙されない。その顔はてのひらにしっかりと刻まれ、記憶から消せそうにない。

皮肉なことに、そっくりだったんだ。以前から「河合さんはきっとこんなふうだ」と思っていた顔に。ずっと憧れていた幸福のピアニストと海にいる。そんな錯覚が襲ってくるほど、そっくりなのだ。

「もう一度聞くけど」

「石永小百合だってば」

ちゃんと石っぽい言葉が返ってきた。ぼくは騙し討ちにあったようで、気持ちに整理がつかなかった。落ち着こうとして、自分が着ているシャツのことを考えた。

ぼくは今日河合さんと三人で図書館に行くつもりで寮を出た。だから一番お気に入りのシャツを着ていた。幸福のピアニストにぼくの姿は見えないけれど、なるべくきちんとしていたかったんだ。とうさんが誕生日にくれた紺系のチェック柄の綿シャツで、ぼくには想像しにくい柄だけど、よく似合うぞととうさんは言った。とうさんはコロンを使う身綺麗な人だから、上質なものを買ってくれたのだろう、肌触りが良い。このシャツを着ていてよかった、と急に思ったりした。

「この海、『北の海』に出てくる海より素敵かな」と石永は言った。

「だんぜん、違うよ。あっちはロ、マ、ン、チ、ックじゃない」

ぼくにしては思い切ったことを口にした。石には言いにくいけど、河合さんにだったら言えそうなセリフだ。

「パンフレットで見たのと同じ海なんだなあ」

石永は子どものような話し方をした。少ししてふうっと大きなため息が聞こえた。彼女はこれからやってくる闇に折り合いをつけられるだろうとぼくは感じた。

少し風が冷たくなって来たので、ぼくらは帰らなくてはいけないことを思い出した。彼女は帰る道すがら石を放るような話し方をしてくれたので、「河合さんじゃない、石永だ」とどうにか思うことができた。

途中までは非常にスムーズに帰って来られた。人に聞くことにも、人の波に乗ることにも慣れてきた。ところが池袋の有楽町線の改札で駅員に止められた。ついさっき人身事故があってしばらく電車が動かないというのだ。アナウンスも同じようなことを言っている。ぼくらが降りようとしている駅で事故があったらしい。

「何時頃復旧しますか」

「今五時半だから、一時間はかかるでしょう」

門限に間に合うかどうか微妙なことになってきた。

ぼくらは腹が減ったので、カレーを食べることにした。地下街にカレー屋があることは鼻が教えてくれた。もう「後学のために自分で」という余裕はなく、通行人に尋ねて店の場所を捜し当て、店員に頼んで席まで案内してもらい、メニューは読み上げてもらって決めた。店内に公衆電話があることがわかったので、カレーがくるまでの間にぼくは学校へ電話をかけてみた。電話番号も公衆電話の数字の位置も記憶してあるのでかけるのは簡単だった。しかしあいにく話し中だったので、いったん席へ戻った。

するともうカレーが置かれてあった。

ルーは別の器に入っていた。ぼくは左手でライスの位置を確かめ、慎重にルーをまわしかけた。そしてルーとライスを徹底的に混ぜた。石永はぼんやりとだけど近くは見えるらしいし、スプーンの音でそれとわかるのだろう、「変わった食べ方をするのね」と言った。

「こうするとうっかりライスだけ残ってしまう心配がない」とぼくは自慢げに言った。

西野と編み出した最も有効な食べ方なのだ。すると石永は呆れたように「残ったら残ったでいいじゃない」と言った。

ぼくは軽く驚いた。残ったら残せばいい。そういうふうに考えたことがなかったからだ。

こっちはすっかり食べ終わったけど、彼女はまだ食べていた。ぼくは「もう一度電話をかけてくる」と言った。石永は「ちょっとぐらい門限を破ったっていいじゃない」と少しいらついたように言った。女子はひとりで飯を食うのが苦痛なのだ。学食でも女子たちは仲よく固まって食べる。ぼくは彼女が食べ終わるまでは席にいると約束した。

「門限を気にしてるわけじゃないんだ」とぼくは弁明した。

「学校の最寄駅で人身事故だろ？　柳原先生は心配していると思う。先生はいつも気にかけているんだ。ぼくらがホームから落っこちやしないかと。だからぼくらは無事です、ホームから落っこちたのはぼくらじゃありませんと伝えておかなくてはいけない」

「そうか、そうだよね。行って来ていいよ」石永は納得した。

お許しをもらってぼくは再び電話をかけたけど、またしても通話中だった。カレー屋を出て改札へ行くと、予定よりも早く電車は動いていた。

ぼくはとてもじゃないけど総理大臣になれそうにない。

ホームから落っこちたのが柳原先生だなんて、ちらとも想像できなかった。

あの日ぼくらは無事に学校へ戻った。西野の熱も無事に下がっていた。けど、柳原先生は無事じゃなかった。それから三日間くらい学校は騒然としていた。

柳原先生は仕事を終えて家に帰るために駅のホームに立っていた。杖をついたおばあさんがよろけて線路に落ちたそうだ。それを助けようとしてホームから飛び降りたらしい。おばあさんは助かったという話だ。

柳原先生は事故の三十分前、寮母さんと会話をしていた。ぼくらが門限までには帰るので食事を残しておくようにお願いしてくれていたのだ。

ニュースでは先生は英雄になっていた。英雄になった先生はどこか別の世界の人のように思えた。

ぼくは柳原先生に裏切られたような気がした。もしぼくがホームに落ちたら、先生は必ず助けてくれるという証明にはなった。けれど先生がいない世界では、もう気軽にホームから落ちることはできない。一般受験だって、先生があんなに勧めたから決めたんじゃないか。もちろん決意したのはぼくだけど、先生が言い出したんだ。

クラスを代表して葬儀に出席するように先生たちから頼まれたけど、ぼくは行きたくなかった。クラス委員だからしぶしぶ参列した。学校からマイクロバスが出た。「行きたい」という女子たちも一緒だった。石永は来なかった。

女子たちはずるずると泣いていたけど、ぼくは泣かなかった。マスコミが大勢来ていて、ずるずる泣いている女子たちにマイクを向けた。むすっとしているぼくに声をかける人はいなかった。

柳原先生のおとうさんはマイクで弔問客《ちょうもんきゃく》に「とても正義感の強い子でした、誇りに思う」と震える声で言った。その近くで誰かが「親不孝な子だ」と怒ったような声でつぶやいた。マイクが声を拾ってしまい、みんなに聞こえた。女性の声だ。おとうさんは「人前でやめなさい」と注意した。おそらくおかあさんだ。

ぼくはどちらかというとおかあさんに近い気持ちだった。

先生はいい人だったけど、死んでしまったのは大失敗だとぼくは思った。

幼い頃の事故で、もしぼくが命を落としていたら、とうさんとかあさんはどうしただろう？

終業式を終え、明日から夏休みという日、ぼくは図書室で勉強していた。

途中で西野がやってきて「迎えが来た」と言った。

「おふくろがお前も来ないかと言ってる」

「ありがとう。うれしいけど、受験勉強があるから」

「そうだよな。ソーリ。ぼくらの未来のためにがんばれ」

西野は「脳にビタミン」と言って実家で作っているすだちを三つ置いていった。鍼灸師になって地元で開業し、農作業に疲れた人たちの体を癒すのが西野の夢だ。ぼくが総理大臣にならなくたって夢は叶うだろう。

石永も来た。長野から迎えが来たと言う。「寮に残って勉強するんだってね。ひとりで大丈夫？」と言うから、「ひとりのほうが楽」と言った。石永はあの日以来、一度も石をぶつけてこない。ぼくに余裕がないことを見抜いているのだ。

「じゃあ、来学期」と言うから「うん」と言った。

それから何時間経っただろう、ふと、ピアノの音が聴こえたような気がした。

河合さん、まだいるのだろうか。すだちも参考書もそのままにして、かすかな音に誘われるように新校舎へ向かった。ピアノの音は着実にどんどん大きくなる。こんな日にまで練習しているのだ。まだ実家から迎えが来ないのだろうか。

音楽室の前に立ち、そっと聴いていると、演奏が続いているのに、いきなりドアが開き、中から人が飛び出してきて、軽くぼくにぶつかった。

「堪忍《かんにん》なぁ、怪我せえへんかった？」

たぶん京都の言葉だ。当たった感触によると、太ったおばさんだ。

「大丈夫です」と答えると、ピアノの音が止んだ。

「ママ、どないしたん？」

音楽室の中からまったりとした声がした。

「都、お友達よ」

河合さんのおかあさんらしい人は無責任にそう言うと、職員室のほうへ向かっているのか、足音が小さくなっていった。

「誰？」

この声は、河合さんのはずだ。都と言えば河合さんだもの。

しっかりとよく通る太い声で、想像していたのと違う。逃げるのもおかしいのでしかたなく音楽室に入り、神妙な気持ちで「普通科の桐島」と名乗った。

「え？　桐島くん？」意外にもはずんだ声が返ってきた。

ぼくのことを知っているようだ。

「クラス委員やてなあ。勉強がようできて、走るんが速うて、顔も素敵らしいて、音楽科の女子にファンがいはるんよ」

悪い評判ではないようでありがたかったけど、本人を前に「顔も素敵」と言うなんて、おばさんぽいストレートな物言いで、イメージと違う。河合さんのピアノから想像できるのは石永の顔だ。ほっそりとして、繊細な。

「うちの同部屋の石永さんも、桐島くんのこと優しい人やいうてはったわ」

あれだけ親切にしてあげたのだから、当然だと思う。

「何かご用？」

「いや、通りかかっただけなんだ。ピアノの音が気になってつい」

「聴いてくれたん？　うれしいわあ」

いいなあ、京都の言葉は。河合さんと話していると、ほっとする。イメージとは違っていたけど、すごく感じのいい、気さくな人だ。石を投げてこないし、いい人だ。ぼくは久しぶりにのびのびとした気持ちになった。そしてさっきから気になっていることを尋ねた。

「この部屋、何かいい香りがするけど」

「あ、そうやった！」

河合さんは立ち上がったようで、紙袋のようなものをごそごそしていたけど、それからぼくに近づいて、「手ぇ出してくれへん？」と言った。

ぼくが右手を出すと、河合さんはなんとかぼくの手を見つけ、「とっといて」と言ってぼくの手に薄紙に包んだ四角くて固いものをひとつ載せた。顔に近づけると、よい香りが鼻先に広がった。

「石鹼？」

「つまらんもんやねんけど、もろといて」

「これって」

「うち、ピアノ弾くから手ぇを大切にせなあかんの。点字も読むし、指はうちらにとって目ぇみたいなもんやし。ママが寮の液体石鹸やとかぶれる言うて、さし入れてくれはるねん」

「もらってしまっていいの？」

「いつもごっそり持ってきはるんよ。いくらなんでも使いきれへん。よう人にあげるんやわ」

幸福のピアニストに石鹸をもらう。なんだかおかしくて笑える。こういう愉快な感覚はいつぶりだろう？　生きていると何があるかわからない。

「今、弾いていた曲だけど」

「シューマンの『子どもの情景』いうんよ。この曲、どう思う？」

「いい曲だと思うけど」

「うまく弾けへんのやわ。難しい曲ではないんやけど。なんでかしっくりけえへんの。子どもの頃の情景を懐かしむ大人の曲なんやて。うちがもう少し大人になってからのほうが良さがわかるかもしれへん。十三曲で構成されてるんやけど、今のは二曲目。うちは七曲目の『トロイメライ』が好きやの」

聞いたことのない曲名だ。

「少しだけ聴いててくれへん？」

「いくらでも聴くよ」

彼女は微笑んだ（ような気がする）。そしてぼくに椅子を勧め、弾き始めた。

ぼくは幸福の香りがする石鹸を握りしめながら、彼女のピアノを聴いた。曲名はわかったので、音符に変換しない。こんなに近くで聴くのは初めてで、さすがに迫力がある。贅沢だ。たしかに、さっきの曲よりいい感じだ。ぼくもこの曲が好きだ。たぶん一生好きでいるだろう。印象的なメロディだ。ゆっくりと、静か。だけど強く心に残る。幸せなのに寂しくて、ひとりじゃないのに孤独を感じる。子どもの頃の情景を懐かしむ大人の感情とはこういうものなのか。

『トロイメライ』を聴きながら、ぼくはふいに思い出した。

風に揺らぐ藍色ののれん、ガラスケースに並ぶ色とりどりの和菓子。

小上がりの畳。あずきを炊く鍋。湯気。白い餅《もち》。あざやかな食紅《しょくべに》。かあさんの白衣。

菓子職人たちのサンダル。笑顔のお客さん。そして金魚鉢に赤い金魚。

ぼくの家！　和菓子屋だったぼくの家だ。

奥の座敷。押入れの布団。店の土間。竹箒。台所。あずきを炊く匂い。白い餅をつく音。おはようの挨拶。匂いや音までもがはっきりと思い出せる。

ぼくが映像として思い出せる唯一の場所は、ぼくが生まれ育った家なんだ。

この時ぼくは思った。

うちへ帰ろう、と。

自然に、とても素直な気持ちでそう思った。

きっとぼくはずっと帰りたかったんだ。「ただいま」を言いたかったんだ。

自分の心がやっと見えた。

とうさんに「家を売らないで」と頼もう。「カビがはえる」と言ったら「ぼくが風を通す」と言おう。そうだ、まず掃除をしよう。ぼくの家なのだから。

『トロイメライ』を聴きながらぼくは急に大人になってしまった。そして子どもの頃の情景をしっかりと思い出すことができた。

すると東大も総理も卒業すらもどうでもよくなった。

帰れば、なんとかなる。ぼくの足の下にあるものが、踏み切り板なのだから。

さあ、帰ろう。明日。いいや、今日帰ろう。

このままぼくがここへ戻らなかったとしても、西野は気にしないだろう。あいつとはじゅうぶん過ぎるほど一緒にいた。ＣＤの管理はちょっと面倒になるけど、そろそろ自分でやる時期だ。

とうさんは少しがっかりするかもしれない。
石永は大丈夫。ふふんと鼻で笑い、ぼくのことなど忘れてしまうだろう。
あの浜で石永は海を見ていた。ぼくは海なんかどうでもよくて、石永の顔を見ていた。
このてのひらでしっかりと見た。
それは今聴こえているメロディのように、とてもとても美しかった。

この作品は二〇一六年九月にポプラ社より刊行されました。

あずかりやさん
桐島くんの青春

大山淳子

2018年　7月　5日　第1刷発行

発行者　長谷川 均
発行所　株式会社ポプラ社
〒一六〇-八五六五　東京都新宿区大京町二二-一
電　話　〇三-三三五七-二二一二（営業）
　　　　〇三-三三五七-二三〇五（編集）
ホームページ　www.poplar.co.jp
フォーマットデザイン　緒方修一
組版・校閲　株式会社鷗来堂
印刷・製本　凸版印刷株式会社

N.D.C.913/238p/15cm
ISBN978-4-591-15933-0
落丁・乱丁本は送料小社負担でお取り替えいたします。
小社製作部宛にご連絡ください。
製作部電話番号　〇一二〇-六六六-五五三
受付時間は、月～金曜日、9時～17時です（祝日・休日は除く）。